Des nuages et des tours

DOMINIQUE FABRE

Des nuages et des tours

ÉDITIONS DE L'OLIVIER

ISBN 978.2.8236.0154.1

Wipe your hand across your mouth, and laugh ;
The worlds revolve like ancient women
Gathering fuel in vacant lots.

T.S. Eliot

Paris n'est jamais très désert, à sept heures moins le quart du matin. Les gens, sur le chemin du métro, jetaient un œil sur les vitrines couvertes de contreplaqué. Il y avait eu de la casse. Un salon de coiffure avait morflé, deux magasins de fringues et des arrêts de bus. Les enfants se réveillaient pour aller au collège, avec leurs sacs à dos trop lourds. J'ai vu une belle femme se baisser pour prendre un gratuit, juste en haut des marches qu'elle allait descendre. En une : le nouveau Président se reposait sur le bateau d'un milliardaire. J'avais plus d'une heure d'avance pour prendre le travail. En face, la caserne dormait. De la salle de classe, tout à l'heure, quand il ferait tout à fait jour, je verrais le salut au drapeau pendant mon interrogation de verbes irréguliers. La cérémonie serait un peu raccourcie, s'il pleut. Il y aurait des civils et des militaires, et le drapeau français, et un platane peut-être centenaire.

Au carrefour de Reuilly j'ai fait demi-tour, j'ai jeté le gratuit sur un tas de feuilles vertes, arrachées par le vent. Des sans-abri avaient dressé deux tentes nouvelles le long du mur de la caserne, au pays des futurs tous-propriétaires. Vers la Nation, le boulevard bruissait, de plus en plus de gens sortaient de leurs immeubles. Le monde les attendait, et les heures supplémentaires. Le magasin de vêtements vraiment pas chers s'en était pris plein la vitrine, je venais de le remarquer. Les Africains du foyer de la rue Claude-Tillier étaient déjà assis devant un café-verre d'eau, tournant résolument le dos à la télé écran géant qui montrait des matchs de foot, des matchs de basket, des matchs de rugby, des autres matchs. Les nageuses avaient toutes, pour ce que j'en voyais, un petit tatouage quelque part (hippocampe, papillon). Les Africains de la rue Claude-Tillier me rassurent, quand je vais travailler, avec leur air de n'en avoir jamais rien à faire. Leurs feuilles hippiques, bien que récentes, étaient déjà toutes chiffonnées. Dans deux-trois heures, on aurait une bouillie de yachts et une purée de milliardaires en haut des marches de la station de métro, car il s'était mis à bruiner. J'ai commandé un café. En attendant, tatouage sur l'épaule gauche ou en haut de la fesse droite : jeunesse, ah là là.

Trois lascars à côté de moi échangent leurs réflexions sur la croisière du Président. Il a pas coûté un euro au contribuable ! Il les a bien niqués, pas vrai ? Oui, il les a super bien niqués. Pourtant, une mise au point restait à faire, le troisième s'en est chargé. Il a quand même coûté, il avait des gardes du corps ! Ben ouais, ont opiné les deux autres. Mais le premier, ayant mûri sa réflexion, a dit à ses potes, et même au garçon de café, aux clients et aux Africains qui s'en moquaient, mais attention, c'est lui le Président quand même, faut voir à bien le protéger ! Sobrement, les deux lascars sont tombés d'accord avec lui. Puis, rien d'important ne s'est passé jusqu'à huit heures moins cinq. Les lascars s'en étaient allés avec des valises, une grosse caisse à outils, une machine à couper le placo. Il pleuvait doucement, je voyais passer des mômes de mes classes, et ceux que j'avais décidé de massacrer avec mon interrogation de verbes irréguliers. Ils papotaient, ils rigolaient, ils ne devaient pas s'y attendre ! La pile de journaux gratuits était bientôt digérée en haut des marches, j'avais vaguement envie de dormir. Pas bon tout ça. Je me suis mis en chemin.

On était tellement nombreux qu'on s'est retrouvés coincés à la grille les mômes et moi. On a bavardé un peu. C'est vrai qu'on a une interro m'sieur ? Oui, c'est vrai. Quoi, vous nous avez pas avertis, c'est dégueulasse ! Passe-moi ton carnet de correspondance, tu vas voir si c'est dégueulasse ! Mais non, y rigole le prof, t'inquiète pas, a dit un autre. On se connaît bien lui et moi. Il aura bientôt seize ans. Vous êtes vénère hein m'sieur, c'est ça ? Non je suis pas énervé, pourquoi je serais énervé ? Allez, je sais bien que vous êtes vénère. C'est la faute à Sarko ? Vous pouvez me le dire à moi. Je vous connais. Il m'a tendu son gratuit : vous l'avez vu son bateau, il est chouette hein ? C'est même pas le sien, j'ai répondu. Dis donc, vous êtes vraiment vénère aujourd'hui !

La pluie s'est arrêtée en deuxième heure. En troisième heure, j'ai confisqué des MP3, deux portables et des gratuits, comme souvent dans cette classe-là. Hé, vous avez vu les vitrines, m'sieur ? Oui, bon, on va pas faire l'interro. On est passés au futur. Elle leur plaît toujours cette leçon. Je serai pompier pompière, Brian sera dans la cuisine, je serai médecin, je serai rmiste, je serai comédienne, je serai mécano, je serai nourrice agréée. Et certains haussent les épaules et vous regardent, un peu gênés : moi m'sieur, franchement, ce que je ferai plus tard ? j'ai pas d'idée m'sieur, je sais pas.

*

De mon nouvel immeuble à la porte d'Ivry on est vraiment tout près des gens d'en face, ceux du côté impair de la rue. Ils n'ont pas trop l'air contents d'être là, surtout le matin. Ils habitent une grande cité, Masséna rouge, tout en brique, juste au terminus du tramway et au démarrage de la ligne des bus de la petite ceinture, le PC2. Quand on en aura marre de voir leurs têtes on achètera des rideaux, mais, pour accéder aux fenêtres, il faut déjà vider les cartons. Ça prend du temps d'habiter quelque part. Autour de nous, les types qui couchent dehors doivent nous envier, probablement. Beaucoup d'immigrés des pays de l'Est dorment dehors, autour du centre commercial Masséna 13. Certains sont venus avec un visa touristique, ils ont déménagé du Best Western Hotel à la cloche de bois, et depuis, ils espèrent débuter une nouvelle vie dans le quartier. On les voit tous les jours dimanche compris au Batkor des quais d'Ivry, en bord de Seine. Des types les abordent en camionnette pour leur proposer du travail. Viens, toi, toi, viens pas. Je trouve qu'il y a beaucoup de chômage, même chez les plombiers polonais.

On a aussi un grand bâtiment de verre qui s'appelle l'Arche d'avenirs où sont accueillis ces types que la vie n'a pas épargnés. Une immense photo noir et blanc d'un clochard au nez cassé est en surimpression sur la façade de verre, comme si on avait forcément le physique de l'emploi.

Question discrétion c'est raté, en tout cas. Juste à côté, les tours du quartier chinois. On sent leur cuisine dès 7 heures le matin, dans les avenues de Choisy et de la Porte-d'Ivry. Eux sont très organisés : les derniers arrivants portent des gants en plastique et trient les poubelles, tout près de chez moi. Il y a une très grande portion de mur recouverte par des milliers d'annonces, on les voit passer devant tous les matins. Sur les bancs, des femmes assises, sans que rien dans leur allure ou leur habillement renseigne les chalands, elles se prostituent en silence. Gloire aux frères Tang qui créent beaucoup d'activité sur l'avenue. Nous habitons vraiment ailleurs, à la porte d'Ivry : il nous faudra beaucoup de temps pour découvrir notre nouveau quartier, prendre nos marques. Et puis, pour retourner à notre vie d'avant, il nous suffit d'à peine dix minutes de PC2.

Depuis des années je veux raconter les bus de la petite ceinture, les gens qu'on y voit, on sent vraiment la ville et sa frontière. Ces bus sont toujours pleins, même le dimanche, et je me demande souvent pourquoi nous payons les trajets vu que nous sommes si serrés là-dedans. Les gens se saluent le matin, ils parlent dans toutes les langues, ils vont jusqu'à la porte qui les concerne en lisant des gratuits, en écoutant de la musique, en tapotant des textos et en réfléchissant au sudoku du jour, celui qui jouxte l'horoscope et les cartes météo. Les deux sont rarement pourris en même temps. Pendant mon trajet une géante africaine de 2 mètres 10 à peu près, le sosie de Grace Jones, a déposé une grand-mère et son caddie à un arrêt en la portant comme une plume et pas mal de types ont souri, ça leur a donné des idées.

Tu veux mon numéro chéri ? Elle avait une voix très grave, c'était un beau géant de travesti.

Les platanes sont d'une incroyable bonne santé. Ils atteignent le dixième étage du foyer des travailleurs migrants juste en face de la fenêtre de ma chambre. Je vois les types entrer et sortir, s'asseoir sur le béton des marches. À toute heure du jour et de la nuit, ils téléphonent au Mali avec des cartes téléphoniques à coût réduit. Certains restent accroupis le long du mur à attendre leurs copines et on sent quel bonheur elles leur apportent quand elles montent les escaliers. *That's all folks.* Un nouveau quartier, une vie à faire ou à continuer, oublier de se dire que c'était mieux avant, faire confiance aux jours qui viennent, aux nuits qui passent, comment vivre autrement ? Étranger, comment ça se passe par ici ? J'en étais là de mes réflexions quand un retraité de l'immeuble m'a invité à visiter son jardin sur la deuxième petite ceinture, désaffectée, celle des trains qui ne roulent plus. En ce moment il a des grosses framboises, des haricots longs comme la main, des salades, des choux et de la rhubarbe. J'ai été impressionné, car on est juste au pied des tours de trente étages des Chinois, de l'Arche d'avenirs des sans-abri. Dis donc, vous ne devez pas mourir de faim. Il a haussé gentiment les épaules. Il ne mange rien. Ah bon ? Il m'a raccompagné à sa grille pour fermer le cadenas, le quartier n'est pas sûr ! Quand même : qu'est-ce que vous en faites si vous les mangez pas ? Rien… Je les fais grandir… Oui, je les regarde pousser.

*

Malgré le mauvais temps les gens hésitent à ressortir leurs affaires d'automne. Il faut quand même en profiter, l'été ça ne dure pas. Hier, boulevard des Maréchaux, j'ai vu une belle brune aux yeux verts en manteau clair de mi-saison. Elle avait l'air préoccupé. De quoi ? Du temps qui se détraque ? Je ne sais pas. En tout cas elle avait une tête de septembre. Elle était vraiment jolie mais personne ne la regardait, elle n'affichait pas cet air un peu rieur, un peu rêveur, des vacanciers fraîchement revenus qui font leurs grandes courses de rentrée au Géant Masséna 13 ou au Carrefour de Bercy 2. Ils y vont à tâtons on dirait. Il faut se réhabituer. Ils ont une liste et un caddie. Les mômes louchent sur les agendas, les stylos plume et les BD. La mer ou la montagne ne sont pas encore loin d'ici, mais les vacances sont terminées.

Depuis le 15 août je me suis beaucoup promené. Il y a des graffitis de Miss.Tic partout dans cette partie du treizième arrondissement. Elle est très inspirée dans le coin. J'aime, au 127 de ma rue, *le mur a un grain, moi aussi*. Il y a aussi (au 43, en passe d'être démoli) *trop heureuse pour être peureuse*, mais je me demande si c'est vrai. Derrière tous ces murs avec ou sans grain, il y a la vie. *Le mur a un grain, moi aussi* se trouve près d'un foyer de femmes, un hébergement d'urgence, elles arrivent une par une du même pas pressé et discret vers le soir, elles sonnent. Trop malheureuse pour être peureuse, est-ce que ça marcherait aussi ? Trop peureuse, ça veut dire quoi pour ces femmes-là ? Plus loin le Relais des Carrières n'aura pas désempli de tout l'été. Il abrite des types aux abois qui fument des clopes tard la nuit, derrière les grilles de 3 mètres de haut. Ils bavardent rarement entre eux. Dans le même ordre d'idées ils sont en train de refaire le Château, un abri temporaire pour les enfants, avenue de Choisy. C'est près de Notre-Dame-de-Chine, où les mômes peuvent apprendre beaucoup de choses, du chinois au saxophone, des maths à l'acrobatie, dimanche compris.

Quand j'ai eu fini mon tour de toute cette philanthropie du quartier je suis allé prendre le bus. Le PC2 n'a pas chômé non plus pendant l'été. Il est de plus en plus rempli ! J'en ai reconnu du printemps dernier, des gens. Des femmes avec des grandes poussettes, des types de toutes les nationalités, et puis les petits Africains des cités environnantes qui montent pour deux ou trois stations maxi. Ils vont s'acheter des canettes et des paquets de chips, ou taper dans un ballon sur un terrain à la limite de Paris. Ces mômes-là ne partent sans doute jamais en vacances. Bien sûr, ils ne font pas la tête pour autant. Mais que penseront-ils de ces étés de leur vie quand ils auront quinze, vingt, trente ans ? Que la misère ne prend pas de congés ?

Nous avons passé de très bonnes vacances, chez moi. On est allés en Bretagne, à Nîmes et à Montpellier. On a bu de longs apéros, on a joué aux cartes, aux dés. On a bavassé de tout et de rien, surtout de rien, avec des vieux amis. On a lu des romans avec du sable entre les pages ou dans les yeux. Du coup, comme nous étions très occupés, nous avons loupé la plupart des nouvelles. L'été on n'apprend jamais grand-chose sur la vie, sinon que c'est bien de ne rien faire et de ne pas s'en soucier. Les autres continuent sans nous. C'est même la saison idéale pour ceux qui font le sale boulot.

Ivan vient à peine de sortir du coma, à Amiens : ce petit Tchétchène – enfant de ce peuple qu'ils « iront buter jusqu'au fond des chiottes », pour citer un Président – a voulu suivre son père de balcon en balcon pour échapper à la police qui venait les embarquer. C'est l'été. Ils ont décidé du nombre d'interpellations à faire, de bon matin, n'importe où, n'importe comment, ils sont un peu en retard. Quel nom donner à la bavure qui a failli coûter la vie à un môme de douze ans ? Combien de bavures vont être nécessaires pour combler ce retard ? Combien d'enfants ? Combien d'étés ?

Je reviens de chercher le pain. J'ai croisé la jeune femme en manteau de mi-saison, mais là, c'est moi qui devais avoir une tête de septembre. J'étais content de la revoir. Je crois bien qu'elle m'a souri.

*

Comme tout le monde j'aide un peu mon fils pour ses devoirs, mais cette fois c'est du sérieux, c'est les fractions. J'ai beau essayer de me dérober, rien à faire ! Il ouvre tous ses livres, il prépare ses cahiers, téléphone à un copain pour être sûr de la page, et là je me rends compte que je ne peux y échapper. Il va juste danser un peu devant la glace de la salle de bains, cinq minutes il me dit, la tecktonik il adore ça. Cela vient des petits ados de la banlieue ouest, elle gagne du terrain. Je les vois danser aussi du côté de Reuilly-Diderot, et même sur les marches de la gare Saint-Lazare. En tout cas il a l'air de la préférer nettement aux fractions. Moi je soupire, il fait grand beau dehors, on a un été indien à Paris. J'entends des oiseaux gazouiller, je me demande bien où ils sont. Je ne peux pas résister moi non plus, je veux en avoir le cœur net, je sors dix minutes je reviens, je lui dis. Lis ton cours en attendant !

La lumière tombe à l'oblique, de derrière les tours de la porte d'Ivry et de Choisy. C'est comme si elle chantait quand elle fait ça. Mais qu'est-ce qu'elle chante ? Je n'ai pas repéré les oiseaux en bas de chez moi, ils se cachent quelque part entre les baraquements pour les travaux de l'Opac. J'ai marché, plus loin que l'avenue d'Italie, après la rue du Tage, la rue de la Vistule, les maisons sont jolies par là-bas, les clochards du square en face de la clinique des Peupliers pour les chimios en hôpital de jour étaient hilares, dans la lumière douce qui tombait. J'aurais pu marcher des heures, sans les fractions. Quand je suis revenu, mon fils m'a expliqué ce que je devais lui expliquer. Deux tiers plus cinq septièmes, ça lui ferait combien d'argent de poche à la fin du mois s'il trouvait la solution ? Pas moyen d'y échapper.

Chaque jour dans le bus PC2 on nous distribue plein de gratuits, soir et matin. C'est effrayant tout ce qu'on lit à cause de la RATP. Par chance, les mômes ne lisent pas encore les gratuits. Ils dansent la tecktonik, ils se disputent sur le trottoir, ils tapent dans des ballons, ils égarent leurs affaires. On a l'espoir qu'on peut dans certaines circonstances. Les enfants sont un espoir pour plus tard, un espoir flou, juste un peu trop éloigné. Dans sa lettre aux éducateurs le Président explique qu'on n'a plus le temps de réfléchir au sens du mot éduquer, tellement ça craint. Il faut agir et voilà tout. Les enfants seraient donc devenus nos ennemis ? D'abord les enfants sans papiers. Ceux d'Alsace dont l'inspection académique voulait la liste – ah bon, une maladresse ?

Les tests ADN pour le regroupement familial. L'orphelin adopté ou l'enfant seulement recueilli à la mort de ses parents ne pourraient donc pas rejoindre leurs familles ? Il faudrait les abandonner de nouveau pour avoir sa place ici ? Et la jeune Chinoise sans papiers qui s'est défenestrée dans le dixième arrondissement : notre été indien.

Mais bon, avec ce beau soleil, les gens s'allongent partout sur les berges de la Seine. Ils gardent leur maillot de bain et plient soigneusement leur costume pour le remettre nickel après leur pause-déjeuner. Ils surveillent leur bronzage. Ils se baladent avec acharnement tous les week-ends. Parfois, le monde hésite encore à redevenir sérieux. Comme mon fils qui préfère la tecktonik aux fractions non rémunérées. Je ne peux pas lui donner tort, évidemment.

Elle s'appelait Anne Thébaud. Elle écrivait des belles critiques de livres dans *La Quinzaine littéraire*. Elle avait publié un récit, *Reliquaire*, aux éditions Maurice Nadeau. C'est un beau livre, dangereux, difficile, elle est tout entière dedans. Ou du moins je la vois comme ça. Elle s'est jetée dans la Seine, victime d'une dépression dont elle n'arrivait pas à se débarrasser. Elle était intelligente et très sensible, elle avait du mal avec la vie, elle était très fidèle en amitié. Elle avait 41 ans. J'espère qu'elle ne sera pas oubliée.

*

Dans l'immeuble jumeau du mien j'aperçois toujours deux petits vieux qui fument à leur fenêtre. Il est au quatrième étage, elle au deuxième. C'est une Marocaine avec un fichu sur la tête, elle garde longtemps sa clope entre ses deux mains jointes, les avant-bras posés sur le rebord ; elle regarde le boulevard des Maréchaux comme un grand mystère. Lui fume des cigarillos. Il porte un pyjama à rayures, il a l'air plus ou moins vieux selon les jours, il est moins calme qu'elle. Le matin ils fument ensemble, si ça se trouve ils ne se connaissent même pas ? Je ne sais pas ce qu'elle fabriquait aujourd'hui mais elle n'est pas apparue avant 10 heures passées, j'attendais de la voir pour raconter tout ça. Elle a des yeux perçants mais très doux. Elle a un tatouage sur le front. Lui il avait déjà ouvert et refermé sa fenêtre une bonne dizaine de fois, en pyjama, en robe de chambre et en marcel. Ils ne voient probablement pas la même chose dans le boulevard des Maréchaux.

Dans mon quartier devant toutes les écoles le Réseau éducation sans frontières a tendu de grands draps : *laissez-les grandir ici*, c'est leur slogan. Rouge sur fond blanc. Jeudi un mail de la Ligue des droits de l'homme annonçait qu'était prévue une rafle de sans-papiers. Il fallait avertir ceux qu'on connaît de rester chez eux, oui d'accord. Mais pour les autres, comment on fait ? Quand la dame a terminé sa cigarette, elle ferme la fenêtre, elle a des jolis rideaux colorés. Le monsieur laisse toujours ouvert. Il n'arrête pas de sortir la tête. Elle nettoie ses carreaux souvent. Qu'est-ce qu'il guette ? Elle, quand elle regarde en bas, elle regarde en bas, et quand c'est fermé c'est fermé. Ils n'habitent pas vraiment le même endroit, finalement.

On a commencé à virer des élèves dans le collège où je bosse. La petite métisse aux extensions roses et aux lentilles turquoise, en troisième. Elle avait passé les seize ans, finie, l'obligation scolaire. À quelques semaines près elle aurait sans doute continué ici, encore une histoire de papiers. En attendant de trouver quoi faire elle revient à l'entrée du collège pour bavarder avec ses copines. Elle est comme tous les élèves renvoyés, elle a du mal à comprendre où elle est, maintenant. Sonia pleurait souvent entre deux conneries. Je me sens un peu moche : j'ai rédigé un rapport moi aussi. En classe elle faisait une démonstration avec un gros tube de colle Uhu, pour faire rire les copines. J'aurais pas dû. Elle ne s'est même pas présentée au pré-conseil de discipline. Sa mère est venue, elle a explosé son forfait de portable pour la faire rappliquer, en vain.

D'anciens élèves, j'en rencontre partout ces derniers temps. Étienne, d'un collège à Bondy, est devenu un beau mec avec deux portables scotchés à ses oreilles sur la place de la Nation, assis sur un scooter à vous faire pâlir d'envie. Il m'a donné un numéro de téléphone si j'avais besoin d'un service commercial, en souvenir du bon vieux temps. J'aurais jamais imaginé un ex-flemmard si occupé. Le beau Mehdi aussi. Je me rappelais son regard. Maintenant il a vingt ans et il travaille dans le tourisme, il s'habille à la mode chalala, ça a l'air de marcher pour lui. La jeune Inès vendeuse dans un magasin de chaussures le samedi, elle fait un master de droit des affaires. Elle était bonne en classe je me souviens, et puis elle aimait bien l'anglais. J'oublie les noms, je mélange les histoires. Je cherche mon maintenant moi aussi, et je ne sais plus où il est. Donc maintenant, je fais quoi ?

J'ouvre ma fenêtre, comme la vieille dame du quatrième et le monsieur plus bas. Il y a d'autres gens, en me penchant sur la droite, je les aperçois. Ensemble, nous regardons le boulevard des Maréchaux. J'habite ici. J'ai tout mon temps. Enfin, je crois.

*

À cette époque de l'année on a bien de la chance, les lions reviennent. Les cirques sont arrivés sur la pelouse de Reuilly (Pinder, Bouglione, de Chine et de Russie). Des centaines de gens visitent la ménagerie. Mes enfants sont trop grands à présent mais j'y suis quand même allé faire un tour. Il y avait des dromadaires à l'air triste comme s'ils avaient tout compris de nos vies, et dans sa cage, un tigre attendait son quatre heures avec un air fâché. Un rêve fréquent : les animaux d'un cirque se sont évadés ensemble pendant la nuit et nous ont remplacés dans la vie. Ils attendent sur le banc du bus PC2, ils tiennent les guichets du métro, gardent l'entrée du collège où je travaille, servent le café à Reuilly-Diderot… Ils sont très gentils avec nous, comme si nous étions des invités de marque. J'ai passé une bonne heure dans la ménagerie, avec les animaux. Il faisait très froid mais dans les tentes des éléphants, il y avait des sortes de lampes à arc pour les réchauffer, ça marchait pour moi aussi. J'avais le blues, à cause de tout ce temps passé. Ne plus jamais être un enfant.

Ça tombe bien le cirque parce que comme beaucoup de gens je n'aime pas la période des fêtes de fin d'année. Depuis trois semaines, les Roumains sont venus prendre leurs quartiers d'hiver. C'est leur saison. Près du terminus de la ligne 14, l'un d'eux reste des heures à genoux le cul en l'air, le nez sur le trottoir, il pourrait faire fakir, cet homme-là. À la boulangerie, un autre au pied d'un sophora avec un garçon d'une dizaine d'années. Ils glandent toute la sainte journée. Juste au coin de ma rue : deux moustachus que j'ai croisés dans quel Tintin déjà ? En revenant du cirque par le PC2, j'ai aperçu leur campement sur une friche très étroite entre les nouveaux bâtiments et le boulevard des Maréchaux. Sept ou huit caravanes. Derrière les grilles il y avait de la gadoue, des habits pendants sur une corde à linge attachée à la ferraille usée de la grille. Où iront-ils, quand le chantier de construction sera achevé ? Il reste peu de place libre par ici. Les *no man's land* s'amenuisent, ceux qui voyagent seront de plus en plus interdits. Un jour, nous serons donc tous cachés dans des maisons et plus personne ne connaîtra cette autre vie. Dans le bus PC2, on est si serrés qu'on ne peut même pas ouvrir un livre (surtout si on est poli). À nous voir comprimés comme ça on se dit que ça va finir par craquer, mais non, on nous demande de nous pousser, de tenir encore un peu moins de place, et ça marche, jusqu'à présent. Les gens du voyage savent trouver les bons endroits. Ils se sont installés sur l'ancien chemin de fer de la petite ceinture, trois jolies tentes, un emplacement royal, s'il ne faisait pas si froid. Je me demande comment ils sont descendus là, j'habite à deux minutes mais ça fait plusieurs mois que je cherche un trou dans la grille, un moyen de descendre la pente sans me casser la figure. Faut qu'on se parle.

Les tomates du jardin de mon vieux voisin ont pourri sur pied. Il vient encore jeter un œil sur ses plantations mais quand je le croise dans la rue, il a l'air préoccupé, il tient des grands discours furieux. Je me fais du souci aussi pour la jolie Chinoise qui dessine sur le trottoir des frères Tang les prénoms des gens en couleur, au pinceau. À cause du froid elle s'installe dans les couloirs du métro de la place d'Italie mais à deux reprises je l'ai vue prendre fissa ses cliques et ses claques, elle a le nez pour repérer les flics en civil (boucles d'oreilles, jeans rapiécés, cuir et santiags, par groupes de trois). Ça sent le chômage technique. Elle a des cheveux magnifiques et porte un *battle-dress* comme dans les mangas que mon fils regarde le matin. Bref, on est un hiver à Paris.

Un type que je connais a lancé une grosse pierre dans la vitrine d'un Pimkie. Il était à jeun paraît-il. Il est bon pour la grosse amende, évidemment. Un autre type que-je-connais-et-qui-le-connaît-aussi m'a appelé pour m'en parler. Maladie ? Happening ? Révolte ou simple coup de sang ? On était tout excités. On l'a invité à manger, on voulait vraiment savoir. Il en avait envie depuis qu'il était gosse : coup de folie. Il devra rembourser 1 000 euros et des poussières mais bon, c'est le genre de plaisir qu'on ne s'offre pas souvent dans une vie. Il mangera des pâtes et voilà tout. On a passé une bonne soirée. Je me suis souvenu que, lorsque j'étais enfant, un clochard d'Annecy cassait une vitrine à chaque début d'hiver, pour qu'on le mette au chaud jusqu'au printemps. Est-ce qu'on le laisserait crever de froid, aujourd'hui ?

Ce matin – six heures et quart – il y a du brouillard dans les tours de la porte d'Ivry. Elles en sont comme ouatées et c'est assez merveilleux à regarder, à cause des lumières des apparts. Le monde, parfois, redevient très bizarre, et très grand. Pourtant nous avançons sans y prêter trop attention, car les arbres sont nus et nos manteaux boutonnés. Si j'ai le temps j'irai revoir si le lac Daumesnil est bien gelé. J'irai revoir les tigres aussi, et les éléphants qui réchauffent. Et puis, je rentrerai chez moi.

*

Autour de moi en ce moment les gens partent les uns après les autres. Ils déménagent parfois près, parfois loin, ou pire encore. Du coup j'ai décidé de refaire un tour vers chez moi en banlieue, à Asnières. Pourquoi ai-je l'impression que ça change moins vite là-bas ? Parce que mon enfance m'y attend ? Vrai : les rues sont toujours les mêmes, les façades des immeubles n'ont pas été toutes ravalées. Deux nouvelles rues piétonnes autour de la gare. Ce jour-là il faisait très doux, ils avaient sorti des tables sur le trottoir. J'ai encore baladé mon vieux cœur par là-bas, et puis, j'ai hésité. Depuis le temps, je devrais peut-être arrêter de faire ça ? Le seul copain que j'ai gardé là-bas est polonais, il était chez lui (enfin, en bas de chez lui). Il était en train de passer les vitres de sa voiture à la peau de chamois. Comme je devais faire une drôle de tête à le regarder il a éclaté de rire, mon pote adore passer les vitres à la peau de chamois. On a bu un demi avant qu'il parte à son travail (il est chauffeur de grande remise). J'ai continué mon chemin.

Du côté de Bécon-les-Bruyères, j'ai eu l'espoir fou de rencontrer des gens d'avant. Parfois nous sommes si bêtes, mon vieux cœur et moi. Les appartements de l'ILM où nous habitions sont à vendre, on voit des affiches avec des numéros de téléphone auxquels les gens ne répondent sans doute jamais. Du côté des voies ferrées, on ne peut constater aucune différence avec hier, je veux dire : avec il y a longtemps. J'ai remonté pour la dix millième fois la Sablière, c'est l'avenue qui donne sur la gare de Bécon, c'est aussi le trajet que je faisais interne tous les lundis matin et les vendredis soir. Rien de nouveau. Les immeubles en brique rouge, les autres à interphone, les deux autres vieux cafés qui étaient déjà là quand Emmanuel Bove habitait en face, en 1927 je crois. De l'autre côté du tunnel, à Courbevoie, ça avait déjà beaucoup changé. Je suis passé dans des grandes artères, devant des immeubles prétentieux pour les nouveaux riches, il y avait des grues plus loin. Il y aurait toujours des grues plus loin. Ensuite, j'en ai eu marre et je suis rentré.

Rien de nouveau dans le PC2 non plus. Ce jour-là deux grands types aux cheveux courts s'amusent à mettre le doigt dans le nez du chauffeur, qui leur a demandé de reculer pour faire de la place aux autres passagers. Je ne sais pas comment il supporte ? Des vieillards refont le monde en expliquant à voix très haute que tout est la faute aux immigrés. *C'est tout la faute aux immigrés !* Au bout de deux minutes tout le monde s'est regardé, les Noirs, les Blancs, les Arabes et les Chinois, et nous avons presque tous éclaté de rire. Ils ont continué comme si de rien jusqu'à leur arrêt de la porte de Vitry. Le lendemain, dans l'autre sens, à sept heures et demie du matin, une vieille dame très sympathique m'a raconté un peu sa vie. Elle était veuve depuis trois ans, elle m'a demandé si je m'y connaissais en électricité. J'ai dit oui comme j'aurais dit non. Hier soir, elle pensait très fort avec sa fille à son défunt mari quand il y a eu une coupure de courant. Son mari était là dans le noir, elle le sentait, était-ce possible que l'énergie de sa présence ait fait sauter les plombs, vous qui vous y connaissez en électricité ? Euh… ben oui. Mon vieux cœur et moi. Elle avait son portable accroché à un ruban rose au cou, ses clés à un ruban rouge, et dans sa poche, des photographies qu'elle s'est mise à me montrer, mais je n'ai pas pu toutes les voir car je devais descendre. On s'est promis de se guetter, dorénavant.

Un Asiatique encore jeune prénommé Félix veut être maire pour *une représentation plus juste de la communauté* dans le treizième arrondissement. Sur l'affiche il porte les cheveux courts en brosse, il a un costume chic, le regard perçant et lointain. En allant chercher des pizzas à la camionnette de la porte d'Ivry, j'ai croisé deux gros chiens et au bout de leur laisse deux sbires occupés à décoller les affiches de Félix et du socialiste du coin. Tu vas pas leur casser la gueule ? m'a demandé mon vieux cœur. Tais-toi et bats, je lui ai répondu. On se boude assez souvent.

En sortant du centre commercial Masséna 13, un homme est tombé avec ses provisions. On était peut-être cinquante à regarder les pompiers lui faire un massage cardiaque. Son petit bonhomme pleurait, à qui sa mère parlait doucement en chinois. Dans l'avenue de la Porte, les néons des frères Tang pour la nouvelle année cliquetaient sous le vent. Trop glauque. Je suis pas resté plus longtemps.

*

Mon voisin le jardinier a remis de l'ordre dans ses idées. Il était triste et soucieux ces derniers mois d'hiver mais là, avec le beau temps, il a tout taillé dans son jardin au-dessus de l'ancien chemin de fer. En prime il s'est fait couper les cheveux. Il retourne surveiller le carrefour et il regarde son lopin avec un air sérieux et très entreprenant sous sa belle crinière blanche. Je ne sais pas ce qu'il nous réserve comme plantations mais ça me fait plaisir de le revoir dans cet état. La vie on est toujours comme entre deux rechutes, finalement. En plus du beau temps, on a des oiseaux dans les arbres. Je les entends en prenant le PC2, à sept heures et demie du matin, le soir aussi, quelquefois. J'aime quand le monde sait vous donner l'envie de le regarder en face. Des ouvriers ont taillé le grand peuplier qui faisait de l'ombre chez moi, harnachés comme des alpinistes, en se marrant. Sur les platanes géants en face du foyer pour travailleurs migrants du boulevard, j'ai vu déjà deux-trois bourgeons. Les gens regardent parfois les platanes, incrédules, est-ce que ça va tenir, est-ce que c'est parti pour de bon ? Aimer les arbres.

Dans le quartier on a fêté récemment le nouvel an chinois, on a eu partout des pétards, des embouteillages, et des petits cadeaux chez les commerçants. Un copain dormait à la maison et pendant deux jours il n'a pas arrêté de sursauter, à cause des dragons explosifs et des feux de Bengale tournants sur la dalle des Olympiades. Et bientôt ce sera le nouvel an des Hindous. Pour cette fête, il faut se déplacer du côté de Strasbourg-Saint-Denis, mais elle vaut vraiment la peine. Déjà, les gens sont moins portés sur les pétards ; les femmes sont magnifiques avec tous leurs bijoux, leurs pierres plus ou moins précieuses, leurs saris de cérémonie. Ils défilent en rouge magenta, bleu cobalt et jaune safran, après s'être rassemblés à l'entrée des passages de Strasbourg-Saint-Denis. Si on a loupé le nouvel an des Chinois, celui des Indiens, et si on ne s'est pas bien amusé le soir du 31 décembre, on peut toujours venir se balader par ici et regarder les arbres qui se la jouent, et le soleil dedans. Juste à côté de mon immeuble, derrière le foyer d'accueil d'urgence, un arbre tout blanc en fleur nous arrête tous un peu quand on sort du Géant et qu'on longe les grilles de la petite ceinture. J'étais persuadé que c'était un cerisier du Japon, mais c'est un mirabellier dont les fruits ne sont même pas défendus. Il est trop loin derrière les grilles, on ne pourra pas les attraper pour les manger cet été. Enfin, tout cela pour dire que l'année commence au printemps, dans mon calendrier à moi, quand les arbres le décident et les oiseaux dedans.

Chaque fois que des gens partent ou arrivent dans ce groupement de l'Opac ma voisine marocaine s'installe à sa fenêtre et admire le spectacle en fumant. Elle fait coucou aux gens, les nouveaux arrivants, ceux presque repartis, même aux déménageurs (en général ils n'ont pas trop le temps de lui répondre à cause des problèmes de stationnement gênant). Ça m'épate toujours : dès que les gens déposent des trucs sur le trottoir, des fourgonnettes arrivent et cinq minutes après, la place est nette. Rien n'aura été laissé ces machines qui ne marchent plus, des meubles et des jouets cassés, des vieux écrans d'ordinateur, des objets dont on ne peut même plus dire le nom. Tout devait disparaître et tout sera récupéré, presque instantanément. Très vite il n'y a plus que des sommiers trop sales. Ils restent à pourrir là sur les trottoirs. Plus bas, sur le boulevard des Maréchaux, à la porte de Vitry, un type en a entassé plusieurs sous le pont. Il n'a plus d'âge. Il vit entouré par des dizaines de pigeons qui lui dorment dessus (et, oui, le reste aussi). Mes enfants et moi nous le regardons chaque fois que nous prenons le bus du boulevard des Maréchaux. Il ne veut plus bouger d'ici il paraît. En face de son agonie, c'est le *car wash* Titus où nous allions quand ils étaient petits, nous restions dans la voiture pendant le lavage, sous les gros rouleaux blancs qui tournent à peu près sans bruit.

*

Les plus jolies choses on les garde sur soi sans les connaître. Avec ma femme et mes enfants, dans notre périple aux États-Unis, quand on a traversé le pont de Brooklyn et qu'on a regardé vers là d'où on venait, on a aperçu tous les buildings du skyline de Manhattan qui avaient l'air de se préparer à une grande fête, avec le soleil qui se couchait pour les faire reluire. Et surtout ils étaient là, mes deux garçons, qui avançaient parmi la foule avec les yeux écarquillés et en âge de conquérir n'importe quel monde, le nouveau ou l'ancien, et même ceux qui n'existent pas. Les gens marchent vite à New York, touristes compris. Il y a tellement de choses à faire avant de se coucher, ou de partir. Puis, je suis allé me geler tout seul à Chicago. Là j'ai trouvé l'Amérique trimeuse où règne un grand froid pour vous empêcher de devenir feignant, ce qui n'est pas une maladie très honorable dans ce coin-là. J'ai été cordialement invité à lire devant des étudiants fatigués, qui mangeaient leur part de pizza du déjeuner une main devant la bouche, pour montrer combien ils étaient attentifs. Bien sûr j'étais surpris alors je me suis fait expliquer : vu le prix des études dans cette université, il est normal voire souhaitable d'apprendre à mener de front deux ou trois choses à la fois. Il y en a qui se suicident, s'ils loupent leurs examens de fin d'année. C'est une des meilleures facs du monde, à ce qu'on m'a dit. Et puis les buildings extraordinaires pas loin d'un lac grand comme une petite mer, des gratte-ciel à torticolis. J'ai vu aussi la rétrospective Edward Hopper, je n'aurais jamais imaginé voir ses tableaux en vrai. Mon Amérique à moi, à toi, à nous. Tout autour de Chicago c'est immense et tout plat, il y a des jours de grand vent, elle est bien dure la neige. Ensuite je suis allé dans des endroits encore plus reculés, les gens étaient très gentils avec moi. À Champaign, Illinois, à Lincoln, Nebraska, à Denver et Boulder, Colorado. Bref j'ai voyagé pour trois vies dans le Midwest américain, en trois semaines. Je n'étais pas toujours si loin. À Lincoln j'ai même rencontré une femme d'Asnières, nous avons bien sympathisé, nous connaissions les mêmes endroits. Nous nous étions sans doute croisés au cinéma L'Alcazar, dans le temps ? *All right !* Elle n'y remettrait sans doute plus les pieds car oui, elle avait fait son trou ici. Les gens m'ont accepté comme je suis, ils m'aiment et je les aime aussi, alors je vis ici, dans ce bled-là, elle souriait.

En somme je serais volontiers resté à bavarder plus longtemps, avec Jill, Jim, Jordan, Lorie, Janis, Laird, Michelle, Rick et plein d'autres personnes, mais il faudrait pouvoir vivre deux vies à la fois, et ça, même les Américains de Hollywood ne le peuvent pas. À force de tracer on a peut-être envie de toujours aller plus loin ? Accepte-t-on mieux de mourir si c'est comme à la fin d'un *road movie* ? À Seattle, il y a l'océan Pacifique, avec des sapins sur le rivage. Il y a pas mal d'années ils ont rapporté la première tonne d'or d'Alaska dans cette ville-là. Je n'en ai pas vu la couleur. La ville est belle et grise. Où donc est-il passé ce pognon-là ? Sur le port des milliers de containers en provenance d'Asie. Question climat on aurait dit la Bretagne en pire, beaucoup de gens sont tatoués et les bus sont gratuits en dehors des heures de pointe. Elle m'a bien plu cette ville, pas trop de gratte-ciel et des maisons de bois, avec des jardins potagers. On peut même acheter des vrais fruits au marché. J'ai pris un train Amtrak copié du Talgo espagnol pour Portland, Oregon, on longe la côte très lentement comme si c'était un nouvel itinéraire et je n'aurais pas été étonné de voir surgir par la vitre les Indiens de mes livres d'enfant. On a croisé des très longs trains de marchandises et tout était simple, lent. J'ai adoré. Dans ce train j'ai aperçu la même jeune femme à l'aller et au retour, avec sa fille de douze-treize ans, et là je me suis dit qu'il était temps que je reparte, je n'étais pas chez moi. Je reviendrai encore, je me suis dit en la regardant, en les regardant. Elle était dans ce dernier train mon Amérique à moi finalement, et son goût de revenez-y. Même si les gens se parlent facilement de tout et de rien pour passer le temps, on ne s'est rien dit elle et moi. Pas besoin de parler, en fait. Mais j'ai eu son beau sourire et j'ai pu le garder jusqu'au moment d'enlever mes chaussures pour la ixième fois à la douane de l'aéroport, je rentrais chez moi le lendemain. *Have a great day !* Oui, vous aussi !

*

J'ai perdu mon carnet d'adresses dimanche dernier. Je n'ai jamais aimé les dimanches mais ce n'est pas une raison. Il y a quelques semaines j'ai égaré mes clés. Après tout ces choses-là arrivent. Les adresses et les numéros de téléphone je pourrai les retrouver à peu près tous mais sur le nombre quelques personnes auront disparu pour moi, peut-être qu'elles ne me rappelleront plus ? J'ai tout retourné chez moi, les feuilles, les factures, les enveloppes vides et pleines, des trucs qu'on veut jeter plus tard et qui se sont débrouillés pour rester empilés des années. Rien à faire. Je vais peut-être tomber dessus par hasard ? On a de bien petits soucis parfois. On a beau faire, ça reste souvent petit format.

En haut de ma rue la Maison des Femmes a brûlé. Sur les murs de cet immeuble vétuste il y avait les mots *femme*, *espoir*, *enfance*, peints en vert et en rose. Elles ont toutes dû sortir fissa, sur le trottoir certaines pleuraient. C'est un accueil d'urgence pour celles qui viennent avec la peur au ventre et aussi des enfants en bas âge, évidemment. Le feu a pris dans les combles. C'est le plus ancien immeuble du pâté de maisons, j'espère qu'ils ne vont pas en profiter pour les envoyer plus loin ? Ils ont évacué les débris, les ont entassés et entourés d'un ruban rouge sur le trottoir. Des literies, des commodes à moitié calcinées, des vêtements, deux jeans fantaisie, de la layette et sur le dessus du tas quelques culottes dont un string rouge. Pourquoi ont-ils effacé les inscriptions sur le mur de cet immeuble ? Le mot *espoir* a disparu, en lettres vertes, juste à droite de l'entrée. Un papier scotché sur la porte propose une autre halte, proche de la gare de Lyon. Enfant j'ai beaucoup fantasmé sur ces endroits. Ma famille habitait près d'un endroit grillagé au fond d'une impasse. C'était un asile de femmes, on l'appelait « l'impasse ». Dans le faux carnet d'adresses que je relis les yeux fermés je me souviens bien d'elles. Je les recroise souvent la nuit quand je n'arrive pas à dormir. Elles je n'ai pas peur de les perdre, jamais.

La semaine dernière j'ai attendu le PC2 avec un survivant de l'époque des chemises bariolées. La sienne était mauve avec des fleurettes blanches. Il souriait comme s'il avait des tonnes de raisons pour ça, il m'a demandé l'heure. Cela faisait longtemps qu'il n'était pas revenu à Paris. Il avait passé son enfance en banlieue et il avait bourlingué, il m'a dit en souriant. La vie passait trop vite. Il était resté parfois plus longtemps qu'il ne le voulait dans des pays connus pour… En tout cas, dans le bus, il était un peu perdu. Il a cherché des yeux un bon moment le composteur. Il faisait son pèlerinage. Il avait plusieurs enfants. La plus âgée avait 31 ans et le petit, 18 mois. J'ai une vie bien remplie, il m'a dit, avec son drôle de sourire. Il allait montrer des photos du petit dernier à la plus grande, elle ne voulait plus lui parler car il avait trop déconné quand elle était petite. Il voulait un peu réparer avant de repartir chez lui, en Sicile. Bonne chance ! Oui, salut, toi aussi ! Quand je suis sorti il regardait les gens autour de lui franchement mais sans les gêner, en leur souriant comme un très gentil martien.

Là où je travaille près de la place de la Nation on ne peut même pas rencontrer ses copains au café, à cause des cordons de flics pour les manifestations lycéennes. C'est une vraie souricière, la place de la Nation ! Éric était furieux d'être coincé dedans et il hurlait dans son portable : Dominiiiiiique, les flics ne veulent pas me laisser sortir ! Je suis coincé sur la plaaace ! Je lui ai dit de prendre un air très digne comme il a certains jours et il leur a montré en marchant d'un pas décidé et sans marquer d'arrêt sa carte de piscine, comme s'il était mandaté pour résoudre le problème par le gouvernement. Ça a marché. Deux jours plus tard pour me rendre au Casto du cours de Vincennes en traversant la place je leur ai exhibé ma carte Vitale d'un air important mais là, j'ai été refoulé. On n'a pas toujours du bol dans l'existence.

Giboulées. En me levant j'ai vu un vrai bonhomme de neige sur le trottoir d'en face, et il y avait une carotte pour le nez. Il avait dû être fait la nuit ? J'ai bu mon café vite fait et je suis descendu à sept heures et quart pour le voir de plus près. Il y avait de la vraie neige sur les pare-brise, c'était une vraie carotte et de la vraie buée sortait de la bouche des passants. Quand je suis rentré du travail, au milieu de l'après-midi, le bonhomme avait disparu et les trottoirs étaient secs. Il n'y avait plus la carotte. Tout ça n'aurait duré que le temps d'une giboulée, comme la vie d'aventurier du bonhomme dans le PC2, à ce qu'il m'en a dit. Les arbres se sont remis au vert juste après.

*

Ces derniers jours on a eu à peu près le même vilain temps que lorsqu'on est arrivés ici à la porte d'Ivry en mai dernier. Un an c'est presque rien, je me suis dit. Où tout ce temps est-il passé ? En somme nous vivons depuis un an coincés au milieu d'immeubles de bureaux. Ils sont loin d'être tous occupés. J'ai du mal à comprendre évidemment : ils ont fait les premières expulsions récemment, plus haut dans ma rue. Mais bref, c'est quand même un anniversaire, je me suis dit. Ça se fête. Du coup je suis retourné dans mon ancien quartier, je me suis baladé là où nous habitions avant, dans le douzième, à dix minutes de bus PC. Il m'a paru plus beau et puis bien plus vert et cossu. J'ai regardé les locations dans les vitrines. Il m'est arrivé quelque chose de bizarre quand je suis rentré dans la cour de mon ancien immeuble. Ils ont refait l'appartement que nous occupions, au rez-de-chaussée. Je n'ai pas vu les nouveaux habitants. En m'approchant de la petite aire de jeux j'ai senti la présence de mes mômes, ils étaient vraiment là ! Nous avions tous une dizaine d'années de moins et nous étions heureux, tout simplement. Combien d'après-midi ai-je passés dans l'aire de jeux à les regarder s'amuser ? Nous jouions au ballon, l'automne ils faisaient de la confiture de marrons en les râpant sur le rebord d'un muret en béton, on n'en verrait jamais le bout, des marrons à gratter, et pourtant si… Je ne voulais plus repartir. Elle me faisait du bien cette présence, est-ce qu'elle me durerait encore un an, dix ans, toujours ? Est-ce qu'elle durerait jusqu'à l'année prochaine au moins ? Est-ce qu'elle avait déjà fini de durer ? J'ai repris le PC2, j'ai vieilli sans effort de dix ans en dix minutes, et je me suis retrouvé chez moi (chez moi ?). Parfois, on se sent vraiment à vau-l'eau, une vie toute petite qui fait comme un grand continent.

Je traîne trop en ce moment. Je suis né flemmard mais je préfère encore travailler. En congé maladie pour quelque temps encore je croise plein de gens dans la rue, avec des pochettes en plastique où ils ont souvent rangé un beau CV bien bidonné ou même pas. Disons un beau CV avec, peut-être, un emploi à la clé ? Ils sont tellement nombreux dans mon quartier qui attendent la fin d'un jour qu'ils auront si mal vécu, ou si mal occupé. Hier un type d'une trentaine d'années qui avait l'air pourtant bien dans sa tête m'a demandé trois fois l'arrêt de la porte d'Ivry jusqu'au terminus de la ligne du PC2 (Porte d'Ivry). Je lui ai dit qu'il n'avait aucune raison de douter, on était bien porte d'Ivry porte d'Ivry ! Il m'a dit d'un ton sombre qu'il avait un rendez-vous très important, et qu'il était stressé à mort. C'était pour un boulot. Ah d'accord... Il a marché lentement dans la rue en regardant les numéros avec l'air de celui qui essaie de lire les noms des gares, mais ne peut jamais les déchiffrer car le train roule un poil trop vite. J'espère que ça aura marché pour lui, s'il ne s'est pas perdu avant.

Tout près de chez moi il y a un centre de formation de toiletteuses pour chiens. Je croise souvent les formatrices, une jeune femme à l'air timide qui arrive en autobus de sa banlieue et sa collègue, une grande motarde en blouson de cuir rouge avec plein d'écussons dessus. Grâce à ces deux personnes et au manuel *Pile et poil* qu'elles exposent dans la devanture on a des beaux chiens avec des frisettes partout ; ça joue *La Belle et le Clochard* soir et matin, du côté de la rue du Château des Rentiers. Les stagiaires portent toutes une mallette bleu clair pleine d'accessoires pour les toutous, qui repartent à 17 heures avec une mine blasée de mannequin cabine dans leurs jolis quartiers, tenus en laisse par des dames chic. Ils n'ont pas besoin d'aboyer pour se faire obéir, ces chiens-là. La preuve : sur les trottoirs, les employés en bras de chemise qui fument des clopes s'effacent pour les laisser passer. À l'écart de ce va-et-vient, le jardinier de ma rue travaille tous les jours sur son terrain de la petite ceinture, il a plein de nouvelles plantations. Je louche vers son cerisier, elles prennent tout leur temps pour mûrir.

En face, seuls les deux étages supérieurs du centre d'accueil des travailleurs se dressent dans le ciel tout bleu. Les autres fenêtres de ce grand bâtiment sont masquées par les feuilles des merveilleux platanes du boulevard des Maréchaux. Du coup, derrière, on peut imaginer des vies meilleures, les gens qui sont ici ont l'air moins isolés quand ils restent accroupis sur les marches, dans l'ombre, ou font la queue à la cabine près de l'arrêt des bus pour appeler leurs familles en Afrique. De quoi parlent-ils si longtemps, à l'ombre du plus grand platane du boulevard ? Nous qui avons perdu le sens de la palabre, tandis que les leurs se perdent dans les feuilles, ou chantonnent avec le vent.

*

Les faits divers se sont multipliés dans la rue du Château des Rentiers. On est passés dans le journal, à la télé pour les infos ! Un « dangereux commando » a jeté de la peinture sur les murs d'une annexe du tribunal, ils ont même tagué – *feu aux prisons* – les murs de ce moche bâtiment. J'ai aperçu six camionnettes de flics, trois caméras, cinq micros quand je suis rentré chez moi. Le jardinier de ma rue a regardé la scène, et puis il est allé vérifier le cadenas de sa grille, avec tous ces flics dans le coin, il m'a dit. Je ne crois pas qu'il plaisantait.

À 50 mètres d'ici, il y a deux semaines, un homme s'est défenestré. Les gens le regardaient mourir, on avait appelé les pompiers et le Samu. C'était un Noir aux cheveux gris. Une jeune femme sortie en pantalon et veste de pyjama à rayures arc-en-ciel a dit à sa voisine arrivée après elle sur les lieux que c'était un enfant. Elle l'a répété à son tour. Moi j'ai dit non, c'est un homme. Mais rien à faire. Rumeurs. Je suis rentré chez moi sans attendre la fin et quand je suis sorti, deux heures plus tard, j'ai vu quelques flics en civil. Puis, la torpeur de rien du tout a repris le dessus, le ciel était trop bleu ce jour-là. On aura bien vite oublié les jets de peinture sur l'annexe du tribunal. Mais, du désespéré du coin de la rue, on n'aura jamais rien su, sinon qu'une jeune femme enceinte de peut-être cinq, six mois l'a pris pour un enfant. Un bref instant, il y a eu un silence étonnant aux fenêtres d'habitude si gueulardes de cette cité, entre le moment où on a tous appelé les secours sur nos portables et leur arrivée. C'est tout.

À Paris, les gens ont l'air plus seuls en été, je ne sais pas pourquoi j'ai toujours cette impression. La boulangère de la porte d'Ivry se plaint qu'elle perd un peu la tête, elle est très fatiguée avec ce temps trop lourd, ça ne va pas bien en ce moment. Elle me montre ses ongles peints de 3 centimètres de long en attendant la monnaie. Vous les trouvez comment ? Je suis d'avis qu'ils sont du meilleur effet en vert pomme, oui, ça le fait. Je suis rarement contrariant. Mais j'estime qu'elle engueule beaucoup sa vendeuse, trop lente à son avis. Le soir quand il fait beau, les vieilles Chinoises sortent avec de nombreux paniers et s'installent pieds nus en tailleur sur les grosses bouches d'aération des tours d'habitation. La police vient les déloger, car il est interdit de pique-niquer entre Bologne et Londres, c'est le nom des tours d'ici. Elles commencent par ne rien comprendre, en leur souriant tout ce qu'elles peuvent. Puis, elles appellent une plus jeune qui traduit. Elles remettent leurs savates et rient dans leur langue maternelle, docilement. Là encore on ne saura à peu près jamais rien de leur vie, jamais. Elles n'ont qu'à pique-niquer dans leurs deux ou trois pièces en altitude, finalement.

De plus en plus de gens parlent tout seuls, cultivés comme des chômeurs longue durée, ils écoutent trop la radio et lisent les journaux en entier. Ils disent leurs quatre vérités aux platanes, aux façades, à ceux qui attendent les bus ou le tramway, mais personne ne les entend, en vrai. L'été est flou ici : les mots, les personnes, même les choses ont tendance à se volatiliser. Les habitants profitent de cette période pour faire un grand nettoyage. Ce qu'ils mettent sur les trottoirs disparaît en un rien de temps. Des camionnettes s'arrêtent en double file, les pères emportent leurs trouvailles sous l'œil vaguement dubitatif de leur épouse ou des enfants. Les gens se penchent sur les cartons de livres, avec un intérêt plus vif que s'ils se baladaient entre les rayonnages d'une librairie. Et ce n'est sans doute pas seulement parce que c'est gratuit. Mon voisin le jardinier ne part pas en vacances. Il n'en a pas les moyens et en plus ça l'ennuie. Par contre il invite les dames à pousser la grille pour visiter son royaume, il interdit l'accès de son jardin aux bonshommes. Hier, il a donné des framboises magnifiques à une grande brune, et ce dimanche matin, je l'ai vu offrir à une élégante Portugaise des roses qu'il avait coupées pour elle avec son sécateur, des jaunes au cœur rougi. Son mari attendait derrière la grille, l'air ennuyé, comme si c'était à moitié interdit. Après avoir fait ses cadeaux, mon voisin s'est dirigé vers le côté banlieue du boulevard des Maréchaux. Il rejoignait ses copains pour jouer aux dominos dans le square.

*

On aura vu la mer, on aura surveillé les méduses, on a eu de la chance, on n'en a pas trouvé. Chez moi nous nous serons baignés dans les calanques et aussi dans le Gardon, entre les siestes et l'apéro, nous étions bien occupés. Ça donne un bel été de plus, encore un, et des cartes postales oubliées dans le sac à main, chaque année c'est pareil. L'été c'est aussi la visite des amis que nous voyons une fois par an, on est un peu inquiets au début, est-ce qu'on n'aura pas trop changé, est-ce qu'on s'amusera autant que la dernière fois ? Jusqu'à présent, oui. Je les ai presque tous revus : cette année personne ne manque. Parfois nous nous engueulons un peu plus (les caractères qui se raidissent), mais l'un dans l'autre, nous sommes si bien sur nos bouts de serviettes à surveiller les mêmes vagues, chaque année. (Et puis l'eau était bonne, pas comme l'année dernière, ou était-ce déjà celle d'avant ?) La vie on devrait pouvoir rester là longtemps à attendre la vague suivante, sans avoir jamais rien à compter.

Porte d'Ivry elles sont magiques aussi les grandes vacances. Les autobus arrivent à l'heure, on invite à dîner des vieux copains qui n'hésitent pas à venir car on se gare bien plus facilement. Le quartier n'est jamais vide. Les Chinois de la porte ne partent pas en vacances, apparemment. Voitures en double file devant chez les frères Tang, des beaux mariages avec près de deux cents personnes au restaurant. Les femmes au pied des tours en robes de soie rouge, blanche et turquoise, avec des motifs de fleurs et d'oiseaux, leurs maquillages flashy comme sur le papier glacé des hebdos. Les hommes en costume frime, avec des grosses montres et des caméras. Après le restaurant et le karaoké une longue limousine blanche de location embarquera les jeunes mariés. Que penseront-ils en avançant derrière les vitres teintées ? Les Maliens de mon quartier ne sont pas partis non plus, je les croise plusieurs fois par jour ; ils vont à la mosquée dans le sous-sol du foyer des travailleurs migrants, sur le boulevard des Maréchaux. Les enfants du centre aéré de ma rue main dans la main, avec leurs grosses étiquettes autour du cou et leurs sacs à dos décorés, tout contents, bien sages. Les autocars pour les grands voyages d'une journée dont ils reviennent en chantant.

À la piscine où j'ai voulu mettre en pratique mes bonnes résolutions (forme ! travail ! santé !) les gens nageaient avec le dernier sérieux une sorte de brasse où on lève très haut les épaules (la faute à la diffusion des exploits des nageurs aux derniers JO, à Pékin). Chacun avançait sans traîner dans son couloir, et pas le moindre bavardage. Même la surveillante de baignade, une blonde aux cheveux courts et lunettes de soleil, super musclée, avait un air à fouetter les flemmards dès leur sortie du grand bassin. Je suis allé me réfugier dans ma serviette, aussitôt rejoint par un type un peu avachi qui matait les naïades allongées. Quand je me suis rendu compte que c'était mon propre reflet qui louchait, je suis parti. Parole, je n'irai plus jamais à la piscine de ma vie.

J'ai entrepris des excursions dans ma banlieue. C'étaient les congés annuels au bar d'Asnières où je me rendais si souvent, il y a beaucoup trop d'années. Place Charras à Courbevoie, on se retrouvait à causer de tout et de rien, il y avait toujours quelqu'un pour bavarder, pas besoin de se donner rendez-vous. J'ai attendu que Sion, Évelyne ou Étienne surgissent, mais ils étaient partis eux aussi. Je savais qu'ils ne viendraient pas, et je les attendais quand même. Depuis combien de temps nous sommes-nous perdus de vue ? Le tube néon rouge, bleu ou vert selon les nuits au sommet du Penta Hotel, qui nous faisait bien délirer, pétards aidant. Puis, toujours à pied, mon ancien chez-moi à Bécon-les-Bruyères. J'ai croisé quelques personnes qui avaient l'air égarées dans leur été à elles. J'ai poussé jusqu'à Bois-Colombes. J'en avais plein les rotules à force de marcher dans ce grand marécage de dates, d'endroits. Alors, de retour porte d'Ivry j'ai rangé des affaires, classé des vieux papiers dont certains devaient attendre depuis au moins l'été dernier. J'ai allumé la radio.

Une mini-guerre en Ossétie. Dix soldats français morts en Afghanistan. Le Président parti chercher la « croissance avec les dents » nous revient fier et bronzé : il nous rapporte une récession. Merde aux pauvres ! On n'est pas encore en septembre, faudrait pas exagérer. J'ai éteint la radio. Je n'avais plus rien à faire : je suis ressorti et j'ai marché droit devant, vers Ivry. Le mois d'août n'existe pas dans certains endroits de banlieue. Je suis allé jusqu'au moulin, un vrai, un vieux, avec des ailes en bois. Il n'était pas tagué et ne servait pas non plus de pissotière, à la lisière des HLM. C'était comme une frontière ici, avant. On voit les restes d'un octroi. En regardant d'où je venais, les tours n'étaient pas toutes éclairées, mais derrière les pare-bruit de couleur du boulevard périphérique qui bourdonnait gentiment, elles donnaient l'image d'un monde doux et apaisé, accueillant.

*

Tôt le matin de ma fenêtre j'aperçois le tramway en bout de ligne, il est tout éclairé mais n'a pas encore rejoint la station, à 30 mètres de là. Il est vide. Et si un jour les gens s'absentaient du monde ? Les premières personnes dehors sont les employés des sociétés de nettoyage, qui travaillent souvent très loin. Ils auraient des choses à nous dire, bien sûr, mais bon, faut voir comme ils sont pressés, ils ont à peine le temps de penser, ils n'ont le temps de rien, avec leur carte orange 5 ou 6 zones. Le tramway arrive à quai et tout le monde trouve place assise à cette heure-là. Il avance au beau milieu du boulevard des Maréchaux sur sa fausse pelouse épaisse, il n'a pas besoin de s'arrêter aux feux rouges. Je ne sais pas ce qui m'a pris, est-ce que j'avais seulement envie de tuer l'insomnie ?

Je suis descendu à hauteur du stade Charléty, qui avait un air de vaisseau spatial n'ayant pas trouvé acquéreur, à cause du dernier krach boursier ou de quelque chose comme ça. J'aurais bien poussé jusqu'au parc Montsouris mais il était fermé et puis, de là, je serais sans doute allé rôder à la cité U ; j'y ai des souvenirs là-bas du genre à choper le bourdon, surtout après une insomnie. Tous ces endroits qui nous attendent et ne demandent qu'à nous parler, jour et nuit. Je suis rentré en partie à pied, et, comme si j'avais déjà fini ma journée à 7 heures du matin, j'ai pris un tramway bondé, avec des tronches de cake et mal lunées. Paris ne se réveille jamais de la même façon.

À l'arrêt de la Poterne des Peupliers des types se sont marché sur les pieds, et, même s'il ne l'avait pas fait exprès, un jeune homme de haute taille et bien sapé genre cadre dynamique s'est pris une baffe par un vilain mec râblé qui rêvait sans doute de faire ça depuis le jour de sa naissance, en 1983. On a été quelques-uns à plaindre la victime, on lui a tendu des kleenex pour qu'il s'essuie le bout du nez, mais à côté de moi une personne a haussé les épaules. L'agresseur dévisageait tout le wagon, semblant avertir si quelqu'un a un truc à dire, je m'occupe des réclamations. (À titre préventif on peut regarder ses chaussures plus ou moins bien cirées ou se plonger dans la lecture des gratuits, qui ont vraiment creusé leur niche dans la tête des voyageurs, par ici.) Au terminus, des gens courent vers le PC2, avec un air conquérant ou, au contraire, un air déjà dégoûté. Dire qu'ils n'ont pas encore commencé la journée ! Il n'y a que peu de temps dans la vie où penser à ces choses-là, entre cinq et six heures et demie le matin, le reste du temps il faut vivre et travailler. La nuit pour oublier, attendre que le jour se lève, continuer d'avancer.

Chez moi à table nous parlons de choses sérieuses en ce moment, avec mon fils en terminale nous discutons souvent de philo. J'ai pas mal oublié, je ne peux pas l'aider : comment on distingue un vrai concept d'une opinion vraie ? Késaco le cogito ? L'anarchie est-elle possible ? J'adore le voir ainsi, tout passionné. Les premiers cours de philo sont comme l'aube et la promesse d'une belle journée, même si dans le soleil couchant, Socrate fait un dernier discours avant de boire la ciguë. J'ai cru longtemps au communisme. Franchement, qui peut se vanter de faire venir Arno et Bashung à la file pour 17 euros seulement, sinon les ringards du PC ? Euh… ben oui et alors ? Mon fils m'a regardé d'un drôle d'air, pince-moi je rêve ! D'accord. Il était mauvais mon argument. Grandir.

Il fait froid ce matin dans la rue du Château des Rentiers. Pendant des mois des baraques de chantier nous cachaient les voisins d'en face, ceux de la cité Masséna rouge, mais depuis cet été, on peut se voir sans même le vouloir. Ce sont des gens normaux sous tous rapports, au deuxième on a une famille monsieur-madame naturiste et enrobée, et au rez-de-chaussée, une danseuse orientale répète tous les soirs ses pas, à la fin elle tourne, elle tourne merveilleusement les deux bras en anse, je voudrais pouvoir l'applaudir. Elle ne met pas de musique. Personne chez elle ne la regarde répéter. Après son enchaînement, elle tire le rideau rouge de la pièce et éteint la lumière. Si personne n'est en vitrine, nous restent les écrans de télé et des ombres immobiles, les têtes se confondent avec le dossier des divans, les yeux brillent rarement dans le noir. Qui est-elle cette danseuse, la croiserai-je un jour en allant travailler ? Et le futur Socrate de la porte d'Ivry, où se terre-t-il ? Le jeune homme qui s'est pris une claque a-t-il été bien consolé ? Toutes ces histoires qu'on ne sait pas.

*

À peine les travaux terminés dans l'immeuble – un an de dérangements quand même –, on a eu une énorme fuite d'eau, ça ruisselait des étages du haut comme une grosse pluie d'orage, et ça tombait aussi dans l'ascenseur, tout est devenu spongieux. Ma voisine est descendue avec une lampe de poche tandis que je lui tenais la porte, on s'est tous retrouvés dans la flotte, on a attendu les pompiers qui ont mis un moment à stopper l'inondation. Depuis quinze jours les gens du haut ne peuvent plus se laver et l'ascenseur est en arrêt prolongé. On a signé une pétition. Pendant qu'on y est pourquoi ne pas leur demander de peindre la cage d'escalier, de nous faire un truc plus beau ? On n'est pas près de reprendre l'ascenseur, d'après un voisin militant. Il m'a raconté la réunion des trois représentants des assurances, celui de l'ascenseur, celui de l'immeuble et celui des travaux bâclés. Ils avaient tous la mine patibulaire de gens qui ont grimpé tous les étages à pied. Personne ne voulait rembourser les dégâts ! Est-ce pour cela que je rêve depuis trois nuits de la destruction d'un immeuble ? Dans mon rêve nous sommes quelques centaines porte d'Ivry à regarder une tour exploser, au ralenti, ensuite nous nous faisons nos adieux – je parle un chinois parfait et j'agite un petit drapeau britannique – avant d'aller vers le métro en suivant nos valises sur des caddies qui roulent tout seuls. J'ai déjà assisté à des destructions de barres à Asnières-Gennevilliers, ça fait un énorme boucan. Il n'y a pas de bruit dans mon rêve.

Le temps est merveilleux. Nous allons au café Pourpre pour en profiter. On boit un demi bien trop cher en surveillant d'un air goguenard sur l'écran de télé géant la chute de la Bourse à Tokyo, New York, Londres et Paris. Aidons les riches ! Faut pas les laisser tomber ! Tout ça du café Pourpre, où en plus des auvents ils ont installé de gros radiateurs extérieurs pour prévenir les aléas du climat. On vit dans l'opulence les derniers beaux jours. Le reste du quartier n'est quand même pas si vaillant, il faut être clair, mais le café Pourpre résiste. Depuis qu'il y a le wi-fi je vois de jeunes personnes tapoter leurs machines à l'aise et souriantes, les lunettes de soleil en équilibre sur le sommet de la tête. L'été indien continue. À la télé, notre vieux gosse de riche de Président en fait des tonnes mais les gens du café Pourpre coupent souvent le son. Je suis allergique à ce type-là, m'a expliqué Pierre, un des garçons, on l'a trop entendu, c'est dingue, je supporte plus sa voix. J'ai hoché la tête, sournoisement gagné par une vague d'hypocondrie. Et l'inondation, c'est réglé ? Non… ça sèche.

Quand j'ai fini mon verre, la vague d'hypocondrie m'avait carrément balayé. C'est que je deviens sourd d'une oreille. Je calcule dans ma tête ce qui va diminuer, ce que je vais perdre tout à fait, et ce que je vais gagner si jamais… ? Je me réveille parfois la nuit pour calculer. Je ne trouve jamais la même réponse. Cette fois j'ai attendu que ça passe en me baladant entre les tours. En s'approchant, on croit que les étages se penchent vers vous, mais si on les compte trop vite, ceux du haut ont l'air de s'envoler les uns après les autres. Un jour, il ne restera donc rien de tout cela ? Je suis rentré par la rue Marcel-Duchamp, entre ses petits immeubles pas inondés et ses ateliers d'artistes aux numéros pairs – des vrais – avec des vignes rougies grimpant sur les murs, et de placides sophoras qui frissonnent. J'aime bien la rue Marcel-Duchamp.

Ma sœur m'a appelé des États-Unis, elle est dans une charrette de trois mille employés, ils appellent ça *outsourcing*, elle ne se souvenait plus du mot français pour le dire. Et à Paris, comment ça va ? Ça va, il fait beau, mais qu'est-ce que tu vas faire ?... Ce n'est pas son premier licenciement mais depuis quelque temps ça craint vraiment, la vie là-bas. Et Obama ? je lui demande. Oh... lui... Non, elle ne compte pas trop sur lui pour le boulot. Personne ne parle plus d'Hillary, qui était sa préférée. Sarah Palin les fait rire jaune, une tueuse de caribous, elle est bien mieux en Alaska. Alors bon. Elle va se mettre tout de suite à chercher. Souvent, on se parle d'avant, nos vieux souvenirs ne chôment pas, c'est notre café Pourpre à nous. (Non, c'est sans doute beaucoup plus que ça.)

Vers le milieu du mois le gardien est rentré de vacances, les yeux encore écarquillés. Il est allé à la mer et il a adoré le spectacle des grandes marées. C'était sa première fois. Il a mis quelques jours à changer de regard, il était d'excellente humeur. Bien sûr, l'envie de partir le démange lui aussi parfois, mais le reste de sa vie le reprend. L'inondation. Une liste d'ennuis longue comme le bras (sans oublier les sudokus du soir, la télé et les mots fléchés du matin). Alors il reste ! Ça fait plaisir de voir ses yeux, lorsqu'il est assis juste devant sa loge pour fumer sa cigarette, son regard de grande marée vers le boulevard des Maréchaux.

*

Dans le parking de l'immeuble au sous-sol, un type dormait dans sa voiture. On en a mis du temps à se parler ! Si, il avait un vrai boulot. Il avait eu une mauvaise passe. Il ne trouvait pas d'appartement. Il payait de nouveau sa pension alimentaire mais il ne pouvait pas recevoir ses enfants dans le parking pour Noël ! Les fêtes lui causaient bien du souci.

Il gardait parfois bon espoir, au milieu de la nuit, des gens qui pourraient lui prêter un appart quelque temps. Un copain l'aider pour une caution. Cet homme-là aux aguets, dans le parking de l'immeuble, tard la nuit.

Elles font un peu mesquin les décorations du quartier, comme si les commerçants s'étaient donné le mot : ne pas avoir trop l'air cossu cette année. Sur les tours de la porte d'Ivry, des Pères Noël, des gros bonshommes en rouge tels des pompiers intérimaires montent à l'assaut des façades avec des postures d'astronautes. Et derrière ces fenêtres tout ce qu'on ne voit pas. Dans les caves. Sous les voies du périphérique. Dans les gares. Je prends régulièrement le RER, zone 6, jusqu'au terminus à une heure vingt de route de Paris-Gare de Lyon. Ce RER est omnibus dans une semi-campagne qui ne sent jamais tout à fait le bon air. À chaque gare il y a au moins un campement de caravanes, ce ne sont pas que des Roms qui vivent dedans. Elles n'étaient pas si nombreuses avant. Les gens s'organisent comme ils peuvent. Dans un campement j'ai vu des guirlandes d'ampoules accrochées entre les roulottes et au grillage de la gare, je n'avais jamais vu ça avant. On était seulement au fin fond de l'Essonne. Un ciel gris, beaucoup de vent, et alentour on aurait dit ailleurs mais où ? Je sais pas exactement.

Les lycéens nous donnent le bon exemple ces derniers temps. Ils font plaisir à voir, grâce à eux on se remet à espérer. Le froid ne les a pas empêchés de se bouger les fesses et c'est un plaisir de les entendre crier on n'est pas fatigués ! on n'est pas fatigués ! pendant leurs manifestations. On est si nombreux à avoir juste envie de se coucher en attendant l'année prochaine, qui d'ailleurs n'est pas loin. Quelques journées rapides, un petit frisson comme juste avant la neige, sauf qu'à Paris il n'y en a pas. Bref, les lycéens nous font quand même un beau cadeau de s'égosiller comme ça. D'ailleurs notre vieux gosse de riche de Président ne s'y est pas trompé, qui a tout remis à plus tard.

Je suis allé rôder dans le secteur des grands magasins transformés en palais des Mille et Une Nuits, avec des milliers de loupiotes sur les façades. De retour chez moi j'ai entendu à la radio qu'ils cherchaient des explosifs dans le Brummell au moment même où je cherchais des yeux Schéhérazade avant les soldes de janvier, et mes souvenirs d'enfance, quelque part sur les façades illuminées des Galeries Lafayette. Passage du Havre, les intégristes mâchouillaient leurs cantiques devant l'église Saint-Louis-d'Antin juste à côté des réformateurs du système financier *(L'arnaque du siècle ! Gérard Majax l'aurait même pas imaginée !).* Tout près, gare Saint-Lazare, ils en sont à refaire la salle des pas perdus. Si je ne reconnais plus rien, où irai-je perdre mon temps ?

Depuis quinze jours mon voisin le jardinier entretient les dames d'un petit chat gris abandonné dont il s'occupe en leur indiquant une vague ombre dans les buissons de la petite ceinture. Sur le coup certaines sont un peu fâchées, elles ne comprennent pas tout de suite ce dont il parle. (Chatte, il leur dit avec sa voix plutôt rauque, chatte, minou minou, en désignant le grillage.)

Je suis passé dans le parking d'où le type était parti, je suis redescendu la nuit suivante histoire d'en être sûr. C'était très important pour lui de trouver un endroit où accueillir ses enfants pour les fêtes. Sa présence m'obsédait : comment il restait sans rien dire au milieu du parking, assis dans sa voiture dont il écoutait la radio. Ciao l'ami, j'espère que tu ne reviendras plus jamais. On a des joies rien que pour soi, et, sans raison de se les dire, des grands espoirs de nouvel an. Chacun les siens, les mêmes aussi, souvent.

Le dernier jour de classe. Les mômes ont fait des caricatures au tableau. On a braillé “Hit the road Jack” et “American Boy” de la chanteuse Estelle. À la fin du cours Koumba, Majouba, Claire, Clara et Mauricette sont venues m'offrir une tulipe, une vraie tulipe dans un papier crépon, avec un joli fil autour et un petit mot. Elle était un peu ouverte mais elle se tenait bien ce matin, m'sieur, elle est jolie vous trouvez pas ? Mais je n'ai pas eu le temps de les remercier, elles s'étaient déjà envolées !

*

Depuis que la neige a fondu les gens ressortent pour papoter, ça leur manquait, à moi aussi évidemment. J'ai vu plusieurs rassemblements de Maliennes qui avaient plein de choses en retard à se dire, les petites vieilles asiatiques sont redescendues vendre leurs plats cuisinés au pied des tours. Les Africaines se réunissent près de la statue de la porte d'Ivry, celle des Mésarchitectures : un machin blanc comme des gros sucres mal taillés et mal empilés d'un mètre cube chacun, c'est l'une des plus laides de Paris. Mais bon, elle fait partie du paysage, on s'est habitués à elle comme aux deux cheminées de l'incinérateur de Bercy, ou aux bouchons des Maréchaux, qui s'aggravent avec l'extension de la ligne du tramway. Au bout d'un moment, on a beau aimer son quartier, ça fait quand même du bien de se laver les yeux. La neige n'a pas joué l'ardoise magique, tout est redevenu comme avant.

J'ai pris le tramway pour la cité U au moment d'une belle éclaircie entre deux averses, un vent fort venait de l'Atlantique, je me suis baladé entre les pavillons. C'est comme un grand campus américain, sans écureuils mais avec une architecture plus variée. Les gens qui passent sont tous jeunes et charmants, avec des têtes à tomber en amour à chaque bourse Erasmus, ou par leurs propres moyens, je n'en sais rien. J'ai croisé des couples d'étudiants qui se promenaient main dans la main, j'ai essayé de rentrer dans le pavillon japonais voir les gravures, mais il est fermé le dimanche aux non-résidents. Dans le plus gros bâtiment en face de la station du RER, financé par la fondation Rockefeller, les toilettes sont propres et gratuites, on peut s'asseoir sur des bancs comme dans une église et en bas, il y a un théâtre où ils jouent des bonnes pièces de temps en temps. Au bout de la cité U une passerelle enjambe directement le boulevard périphérique à la porte de Gentilly vers l'église du Sacré-Cœur de Montrouge, qui est aussi l'une des plus laides de Paris. Les anges en bronze noirs et vert-de-gris ne savent plus quoi inventer pour se détacher de leur clocher, se fracasser sur le périphérique extérieur ou s'évader d'ici. Je n'ai pas fait de prières, et quand je suis ressorti j'étais heureux de ne croire à rien, finalement.

Le stade Charléty était vide. Ma recette du dimanche : descendre les gradins de ce stade et, après un regard à droite à gauche hop personne donc j'y vais, je me retrouve au beau milieu et je marque un but magnifique, ou je fais une passe décisive, et dès qu'on a gagné la Coupe des Coupes, la Coupe de France ou la Coupe des Clubs champions

– d'ailleurs un maître-chien me fait signe que du balai, ça suffit ! – je peux rentrer chez moi à pied après un beau dimanche qui finit bien. Les petites rues le long de la petite ceinture tournent de-ci de-là, le treizième est bien vert par là-bas. Je me suis arrêté place des 44-Enfants-d'Izieu, où j'ai vu des vieilles maisons perdues entre les arbres, des villas tristes serrées par les nouveaux immeubles. J'ai appris que Vialatte était mort à 71 ans grâce à sa rue à lui. On est comme dans un autre Paris là-bas, il ne durera plus longtemps. *Such a perfect day*… et puis bientôt, c'était la nuit. Des réunions dans le quartier. Un groupe du 8-novembre colle des affichettes partout, sauf que je ne sais pas ce que c'est. Dans ma rue les parents ont encore manifesté pour sauver les Rased et des postes d'enseignants. J'ai assisté de ma fenêtre à une énorme bagarre entre dealers, les types étaient complètement déchaînés, et ça m'a confirmé que oui, ils avaient cessé d'hiberner.

Je suis allé à la mer la semaine passée. Invité aux Rencontres pour lire, à Caen ; nous sommes allés déjeuner à Luc-sur-Mer avec des copains. Il faisait démesurément bleu, l'eau était très claire et c'était merveilleux. On a mangé dans un petit restau qui s'appelle L'Accordéon. J'ai ramené un peu de cette lumière à la porte d'Ivry. J'étais resté trop longtemps sans partir. Il me prend des envies de voyage. Dans un terrain vague derrière les frères Tang, un non-jardin qui n'est pas public du tout, un type joue de la trompette, sans demander d'argent. Ses seuls spectateurs assidus sont les sans-abri d'Europe de l'Est qui attendent l'ouverture du foyer d'hébergement. Il n'est pas venu depuis longtemps, il joue ses morceaux de 2007 et 2008, je ne suis sans doute pas le seul à me les rappeler : il manquait sans savoir à qui. Avenue d'Ivry plusieurs musiciens roms jouent sans se soucier, dont un accordéoniste installé à l'abri des gouttes de pluie dans l'entrée d'un parking souterrain. Il interprète ses mélodies sur un instrument réparé à l'aide de chatterton noir. Tout le monde est sous le charme, des vendeurs de canard laqué aux Chinoises qui peignent votre prénom sur un grain de riz, du vendeur de bandes herniaires à la sauvette aux négociants en DVD chinois pas chers du tout. On fait des gros yeux aux autos qui le dérangent, non mais sans blague ! Les gens quittent l'endroit en chantonnant.

*

À la manifestation de jeudi dernier, en remontant le cortège pour voir des copains, c'est comme si j'avais remonté un long bout de ma vie en marche arrière. Je n'ai pas continué du coup, je ne voulais pas voir la fin. C'était sympa de rencontrer Emma, d'avoir des nouvelles de Dorothée, du journal où j'étais correcteur. Nous avons beaucoup changé en fait, mais pas tous de la même façon. En tout cas quand on se revoit on a tous à peu près le même sourire, pendant les manifestations : avant, qu'est-ce que c'est près, et maintenant, si loin ! Avec le beau temps en prime. Même des gens peu habitués défilaient. J'ai fait un bout de chemin avec des jolies femmes qui bossent dans l'édition, je me suis dit merde, t'en as du bol, mon garçon ! À un moment pourtant, j'ai arrêté de me balader, je ne voulais pas risquer d'aller trop loin dans mes souvenirs, de creuser trop profond le passé. La vie dure très longtemps en marche arrière. *I was once so young ! so unbelievably young !* (C. Bukowski) Le soir je me suis endormi avec ces paroles dans la tête.

De chez moi porte d'Ivry pour se rendre au Salon du livre en tramway, porte de Versailles, on passe sans encombre et c'est bien plus rapide qu'avant. Le grand stade Charléty se tient prêt comme toujours à accueillir les martiens ; le boulevard Brune est triste comme une longue maladie, après la porte d'Orléans. Du coup, quand on arrive porte de Vanves, on aurait le visage plein de larmes si on se laissait aller. Après, c'était chouette. C'est bien de se revoir une ou deux fois par an. On nous a donné un badge qui disait *Je lis La Princesse de Clèves*, des petits malins posaient des questions aux gens pour savoir si c'était vrai. Quel est le nom du gars dans le chapitre trois ? Quel est le nom complet de la fille ? Il y en avait qui savaient, des gens bien dans leurs baskets qui avaient vraiment lu *La Princesse de Clèves*. Alors bon. J'ai aperçu des vedettes, Amélie Nothomb j'ai vu le chapeau, j'ai deviné des auteurs derrière des longues files d'attente, et j'ai trouvé ça rassurant, qu'il y aurait toujours un grand chapeau et des files d'attente, je ne sais pas pourquoi exactement. J'ai vu des ombres aussi, comme à la manifestation, mais ce n'étaient pas tout à fait les mêmes ombres. Elles me venaient de loin celles-ci. Une sœur de mon père, je l'avais vue deux ou trois fois dans ma vie, lui je l'ai à peine connu. L'autre habite au Canada et je ne l'ai jamais rencontrée. Elle est bien âgée maintenant. Veuve aussi. Elle est arrivée seule de sa banlieue en autobus, et en tramway. Elle a bu un jus d'orange. On a parlé de tout et rien. On était juste un peu gênés par un homme politique qui signait sur la chaise à côté, il avait sans doute l'habitude de parler fort. Ma tante est sans doute un peu sourde je pense et d'ailleurs moi aussi. La jolie blonde à ses côtés n'a pas répondu à mes œillades militantes puis à mon air courroucé, au contraire. En fait elle a fait comme si nous n'existions pas, ma tante et moi. Parole, ils ne sont pas discrets à l'UMP ! Est-ce que tu te souviens ? Non. Je ne savais pas. J'aurais aimé savoir pourtant. Elle avait oublié aussi. Je n'avais jamais su non plus. Elle est repartie, non, décidément, je ne me souvenais pas bien. Des visages amis, de Nîmes, de Lyon, d'Alger, de Paris, de plein d'endroits, et des inconnus. Vrai : tous les visages, après un certain nombre d'années et de trous de mémoire, deviennent des visages amis je crois.

Avec mon fils on devait aller voir Bashung le 3 mars, la date avait été reportée à la fin avril. Il est triste, et moi aussi, on ne l'aura jamais vu en concert. Après on a eu quelques nuits écourtées lui et moi à regarder les clips d'Alain aux heures tardives des rediffusions. Le cheval blanc qui tourne au trot, j'entends encore le bruit des sabots dans ma tête : Joséphine. Sa version des « Mots bleus ». Bashung était le seul rocker qui donne envie de se marier, exprès pour lire encore le *Cantique des cantiques*.

En attendant, nous sommes bien sages et nous profitons du soleil. Au café Pourpre, en bas de la rue du Château des Rentiers, les gens sont installés en terrasse. Chômistes et travailleurs, nous nous occupons de soigner notre teint en lisant *La Princesse de Clèves*. Le gardien de l'immeuble a remisé ses sudokus papier. Maintenant il a un ordinateur dans sa loge et je ne sais pas trop ce qu'il fricote. Quels jeux nouveaux l'occupent quand il n'a rien à faire ? Mon voisin le jardinier est en pleins préparatifs, je suis content de le revoir. Ces derniers temps il avait disparu de l'autre côté des Maréchaux, là où habitent ses vieux copains de pétanque et de dominos. Il a le sourcil en broussaille et, quand il se tient devant la grille de son jardin, il a un air très réfléchi, un peu soucieux même, l'hiver n'a pas épargné son terrain. Le long des Maréchaux, sur le trajet du bus PC, de plus en plus lent à cause des nouveaux travaux du tramway, les gens logés dans les wagons SNCF croisent les bras aux vitres du train, et regardent alentour, comme s'ils venaient d'arriver.

*

Depuis plusieurs semaines une jeune femme s'est installée en face du foyer d'urgence qui a pris feu, elle n'a trouvé personne pour l'accueillir. Elle a une vingtaine d'années, elle vit sur le trottoir près d'un supermarché Ed. Pour le moment elle a l'air de tenir le coup. Des femmes lui ont apporté des couvertures, elle parle avec les employés du supermarché. Chaque fois que je passe par là je l'aperçois qui chante en écoutant son MP3, ou bien elle danse en se regardant dans la vitrine. Son nécessaire à maquillage qui sort d'un sac en toile. Son thermos. Son linge. Où va-t-elle se laver ? La semaine dernière une autre fille l'a rejointe. Elles se sont procuré un matelas. La nouvelle ne dansait pas, elle buvait des bières et l'effet du crack se voyait à sa façon de marcher. Elle est partie. Combien de temps va-t-elle rester ici, à danser comme ça ? Elle n'a pas l'air de craindre les mauvaises rencontres. Ses yeux sont brillants et elle ne semble prête à aucune sorte de compromis. À celles qui la questionnent ou tentent de la raisonner, je crois qu'elle ne répond rien. Ses yeux qui brillent dans le noir. (À La Nouvelle-Orléans, pendant plus de six mois, j'ai vu un Noir en treillis insulter les feux rouges de Canal Street près de la grande gare routière, et parfois, leur donner des bons coups de karaté. Au début j'avais les chocottes en rejoignant le haut de St. Charles Avenue, puis j'ai compris qu'il n'en avait pas après les gens.) Nous sommes plusieurs dans ma rue à nous inquiéter de la lenteur des travaux de rénovation de ce foyer d'hébergement. Vont-ils vraiment le rouvrir en fait ? La danseuse s'est arrêtée en face : personne pour l'aider à traverser ou à partir d'ici.

À côté, derrière des grilles de 3 mètres de haut, les hommes hébergés au Relais des Carrières fument des clopes, restent accroupis les talons contre le mur et tiennent très souvent leur portable à bout de bras, comme une laisse à leur avenir (ou leur passé ?). Ils sortent sans signe extérieur de détresse dans la rue du Château des Rentiers, sinon, peut-être, un pas un peu trop rapide pour qui ne sait pas où aller.

On a grand beau printemps à Paris ! À la pelouse de Reuilly, la foire du Trône est revenue. Les mômes attendent ça chaque année, à Paris et en banlieue. Ça colle avec les vacances. Ils m'en parlaient depuis un mois. Vous allez à la foire du Trône, m'sieur ? Pourquoi vous aimez pas ? Des bandes de petits mecs y font la queue bien en rang pour cogner sur le punching-ball, très concentrés. Puis, à l'écart, ils vont se comparer leurs poings dont la peau est rougie ou un peu arrachée. Tant qu'à faire je préfère les manèges qui font peur et vous décrochent l'estomac… Je n'ai jamais osé la Salsa du démon ni le Grand Huit Super King à 7 euros pour tout gerber. Vous en voulez encore ? Ouiiiii... Ouh là là ! Cette année je n'aurai toujours pas osé aller voir de plus près la femme-araignée : une tête, deux bras, deux seins, et mille pattes d'araignée ! En face du Manège hanté, à côté du Palais des miroirs, j'ai aperçu la voyante assise sur les marches de sa caravane, elle fumait une cigarette, et je ne lui ai pas rendu visite comme je le faisais avant, quand je n'avais pas encore vraiment peur des sales nouvelles. Elle avait surtout l'air fatigué, j'ai trouvé. Ah sorcière, ton compte est bon : soucis d'argent, chagrin d'amour, trop de travail, petite santé. Ouh là là. J'ai acheté des churros avant de m'en aller. Tout autour de la pelouse de nombreux flics à pied, à vélo, en voiture, en rollers et en civil. Dans le PC2, en rentrant porte d'Ivry, des jeunes gens hilares traînaient de grosses peluches en se racontant leurs aventures de la foire, et calculaient de combien d'argent ils s'étaient fait ratisser.

Je suis allé voir une exposition à la Pinacothèque, place de la Madeleine. Maurice Utrillo et sa mère Suzanne Valadon. Il peignait des endroits vides, des églises vides, Montmartre vide, des endroits sans les gens. Elle lui avait interdit certaines couleurs, il buvait trop. Sa peinture était merveilleuse mais quand il est devenu célèbre, il n'en avait plus rien à faire de tout ça. Alors, il s'est mis à peindre n'importe quoi, à utiliser toutes les couleurs qu'il voulait, à peindre sans envie en échange d'une bouteille de vin. Suzanne était du côté de la vie. Lui les seuls amis qu'il avait pour finir étaient clochards. Son blanc était mêlé d'excréments de pigeons, pour faire vrai gris. C'est la couleur d'ici, porte d'Ivry, porte d'ailleurs, quand je regarde par la fenêtre, dès que le bleu du ciel s'en va, dès qu'on ferme les yeux aussi.

Qui est-elle, et lui ? Vers 1 heure du matin, presque chaque nuit ces derniers temps, une femme se met à gémir de plaisir et le temps que ça se passe, c'est un petit miracle qui suffit à justifier la pire des insomnies. Les gens qui se plaignent de tout dans l'immeuble n'ont pas encore récriminé. Je regarde au-dessus des lampadaires les très hauts marronniers qui nous gardent dans le noir. Bientôt, il n'y aura presque plus de bruit.

*

De mois en mois je me promène dans le quartier et je rencontre des gens pour qui tout commence ici. Les mômes du collège Camille-Claudel n'oublieront pas le boulevard des Maréchaux, entre la tour Ancône et la Ravenne, portes d'Ivry et de Choisy, les courses au Géant Masséna, la halle Carpentier pour la gym et fumer des pétards, leurs copains sont maliens ou chinois. Leurs pères s'ignorent en général et fraternisent tous les dimanches au PMU. Certaines personnes font bonne figure, habillées à la dernière mode des magasins du coin. Mais par des portes entrouvertes au rez-de-chaussée, on voit des femmes penchées, leur vie mise en sourdine est avalée par le bruit des machines à coudre, le jour et parfois la nuit. Des types poussent des cartons sur des diables, ou ils trimballent à deux des portants comme ceux des grands hôtels. Ceux qui font les poubelles avec des gants en plastique, pour vendre aux récupérateurs. Un soir, rentrant de chez des amis j'étais entouré dans mon wagon de la ligne 7 par une dizaine de Chinoises que j'avais souvent aperçues arpenter le trottoir dans le bas de la rue de Belleville, devant le restaurant Le Président. Elles allaient dormir porte d'Ivry. Juste avant de rentrer, elles se sont arrêtées pour acheter des bijoux de pacotille. Le trottoir. Leur petite bouteille d'eau. Le plat cuisiné qu'elles achètent à des vieilles dans la rue. L'argent envoyé là-bas. Et dormir. Et puis quoi ?

Au pied des tours de l'avenue de Choisy, une boutique désaffectée sert à l'étude du soir. Les bénévoles sont une institutrice retraitée aux cheveux courts, quelques mères de famille qui viennent avec leurs courses et des bonbons, ou des types sans raison sociale apparente qui voudraient se rendre utiles. Devant les yeux de ces enfants passe régulièrement en ce printemps la longue limousine blanche douze places décorée de fleurs qui promène les jeunes mariés, lesquels, si tout va bien pour eux, rejoignent après la réception leur pavillon d'Ivry pour leur première nuit d'amour conjugal. Tout près de Notre-Dame-de-Chine, un groupe d'entraide entre les gens du quartier, une association de bénévoles, propose des échanges culturels entre Vietnamiens et Français (cuisine, danse folklorique, nunchaku, arts martiaux, langue française niveau 1, 2, 3 et avancé, traductions assermentées).

En ce moment, sur le panneau Decaux que j'aperçois de ma cuisine, on a le beau visage de Penélope Cruz dans le film d'Almodóvar *Étreintes brisées*. À 7 heures du matin, je l'ai vue tout émerveillé à la fin d'un rêve et une autre fois, moins, parce que Penélope Cruz elle-même ne suffit pas toujours à vous donner envie de vous lever à 7 heures chaque matin. C'est un mélo *Étreintes brisées*. J'en ai un dans la tête, à propos. Cette dame au pied d'Ancône un jour de la semaine dernière. Je l'avais aperçue plusieurs fois et on n'aurait jamais dû se parler si elle n'avait pas vu que je perdais mes clés par un trou dans la poche de ma veste. Oui, elle passait dans le quartier, elle restait là un moment. Elle avait vécu là longtemps, avec un homme. Maintenant elle habitait plus haut, vers les Gobelins. C'est joli les Gobelins. Un jour, il était parti sans explication. Il n'avait plus jamais donné signe de vie, ni à elle, ni à ses parents, ni à son employeur, ni à aucun de ses amis. Elle venait revoir les endroits qu'il aimait bien, ou qu'il avait bien aimé. Un Cambodgien. Non, avec le temps, elle ne croyait plus qu'il reviendrait. Elle sentait qu'au contraire, il allait partir de plus en plus loin, alors elle finirait par ne plus revenir elle non plus. L'étreinte pour toujours brisée, pas encore brisée. L'étreinte. Son sourire pour excuser ma question et peut-être aussi sa folie. Au revoir, monsieur. Oui, au revoir. Et merci pour mes clés ! Je ne me suis pas retourné vers cette femme à qui, de ma cuisine, Penélope Cruz sourit aussi sur l'affiche.

Sur mon balcon, en plus de l'actrice qui nous mate, j'ai cinq roses rouges qui sont en train de bien fleurir.

*

Le jardin de la petite ceinture est devenu une forêt vierge, ces dernières semaines. Les framboises mûrissent pour rien, les potirons pourrissent, les haricots sont montés en graine, les rhubarbes aplaties à même le sol à cause des gros orages. Les roses fleurissent mais elles s'abîment derrière les grilles et ne servent à rien. Plus aucune n'est offerte aux passantes comme les années précédentes. La dernière fois que je l'ai vu, mon voisin le jardinier portait de grosses lunettes noires. Je n'ai pas fait le rapprochement tout de suite, tellement dans ce quartier de la rue du Château des Rentiers, il fait partie de nos vies. Sauf qu'il ne s'approche plus des femmes pour leur dire qu'elles sont belles et leur offrir ses fleurs. Il ne peut plus s'occuper de son jardin parce qu'il n'y voit plus rien. Une mauvaise cataracte. Il évite le plein jour, il ne voit plus ce qu'il fait. Vraiment : pas mal de gens mériteraient des vies meilleures. Je ne vois plus l'Africaine qui dormait dans le photomaton du métro porte d'Ivry. Beaucoup des Roumains de l'avenue ont disparu. Mendiants sans bras, sans dents, estropiés de nulle part, sans rien du tout. Mal nés.

Dans mon immeuble de la rue du Château des Rentiers nous sommes tous remontés comme des réveils en ce moment. Les loyers de l'immeuble ont énormément augmenté. Une dame vietnamienne du cinquième étage a pris notre destinée en main, avec sa calculette et son sens inné de l'organisation. Nous avons fait une pétition plus une réunion de voisins dans une des cours entre deux bâtiments, près des poubelles jaunes, vertes et bleues (nous avons trois sortes de poubelles). On aurait pu imaginer d'autres raisons de se retrouver, et là encore des vies meilleures. Nous avons bu l'apéro à la maison fenêtres ouvertes, le chantier de la rue était arrêté. En ce moment des Komatsu creusent l'asphalte. Du coup la jolie voisine d'en face qui aime bien se faire mater par les numéros pairs de la rue du Château des Rentiers se promène moins souvent nue entre sa chambre et sa cuisine, d'où elle revient nous voir avec une pomme ou un verre d'eau. 6 heures du soir et aucun bruit !

Nous avons sympathisé, le gardien et moi. Je l'aperçois souvent au café Pourpre, je regarde toujours vers les comptoirs même si je ne vais pas trop dans les cafés. Un vendredi soir, en revenant du travail, on a un peu parlé, il allait voir AC/DC au stade de France. AC/DC, le vrai ? Celui d'Angus en bermuda ? Il fait partie des fans à cent pour cent, qui ont des vies parfaites une fois par an (lui au moins deux car il est aussi fan de Johnny Hallyday). Il m'a montré son album de photos. Son premier concert datait de 1979, il conserve aussi des autographes sur des serviettes de table, des tickets de métro, des vieux papiers. Ce qui m'a le plus ému c'était sa photo à 19 ans, aux côtés de quel Brian rocker Truc-Machin ? Son premier concert au Bourget, avec ses cheveux noirs bouclés et une bière à la main. On se ressemble souvent par le passé (je ne pense pas à Angus Young en disant ça, mais au gardien). Chez lui, sa petite fille métisse aux cheveux bouclés dans son parc et sa femme africaine devant la télé. Papa revient, oui, attends. Au stade de France, c'était complet.

Il connaît très bien le quartier. Il m'a parlé d'Ivry. Il a une façon de dire le nom des rues qui est pleine de souvenirs, de joie et d'espoirs déçus. Je me suis baladé derrière le boulevard périphérique en suivant ses indications. La zone n'est pas tout à fait nettoyée par ici. Les gens habitent d'improbables bicoques, les fils électriques pendouillent d'un trottoir à l'autre. Les jardins sont minuscules, comme s'ils étaient interdits et qu'on les cultivait en cachette. La zone. On peut s'y croire à l'abri des autres, du temps qui passe, et des mauvais coups d'une vie. On croise souvent des gens d'un monde qui n'existe plus et parfois dont on fait partie !

Puis, on regarde vers les tours de la porte et sa montre. Déjà ? J'aurai beaucoup marché pour rien dans la banlieue, et grâce à ces pas perdus, j'aurai eu beaucoup de bonheur complet, sans aucun besoin de le raconter, de le partager, juste l'envie d'avancer de-ci de-là, et pour rien d'important.

*

Parfois le monde est bien trop grand pour nous. Au Boru's Café ouvert tout l'été, la patronne est pensive dans ses beaux habits blancs, si bien qu'en la voyant, juste après l'apéro en terrasse, on imagine la mer derrière le passage Bourgoin. Ce sont des petites maisons anciennement ouvrières bien coquettes. Des gens habitent ici qui ne mettent pas leur nom sur les boîtes à lettres, par souci de discrétion. Nous avons passé des bonnes vacances. Une semaine entière d'août nous avons vu un glacier, la France crevait de chaud, nous nous avions de l'air, mais le glacier de Bionnassay fond rapidement. Nous avons crapahuté pour le voir de près. C'est tout bleu et furieux dedans. Nous avons trempé nos pieds dans le torrent. Et nous avons failli nous prendre des éboulis sur la tête ! Le glacier de Bionnassay se trouve dans la montagne où j'ai habité jusqu'à mes douze ans, ça fait quand même bizarre de traverser son enfance sur une autoroute, avec seulement quelques panneaux pour s'en rendre compte. Les noms de ces endroits n'ont rien perdu de leur magie : le Fier, c'est ma rivière d'avant la Seine, qui est bien plus populaire. Combloux, Sallanches, Seynod, Annecy. Les Aravis. Les Aravis ! On devrait passer ses vacances sans bouger de temps en temps, juste à voyager dans un gros dictionnaire en attendant l'apéro au Boru's

Café de la rue du Château des Rentiers. Si de l'autre côté du passage c'est la mer, ça le fait.

L'été, des amis reviennent, ceux qui vivent à l'étranger, celui qui habite depuis très longtemps en Asie. Un autre de nulle part a enfin retrouvé une adresse et attaché à cette adresse un numéro de téléphone qu'il m'a promis d'utiliser en PCV si nécessaire, s'il devait encore disparaître. La galère vous rend tricard dans plein d'endroits, même l'été. Nous ne nous serons perdus que quelques années de nos vies, eux et moi. Jusqu'à présent, par chance, nous nous sommes toujours retrouvés. Les vieilles engueulades, les souvenirs inoxydables et les nouvelles des autres, d'apéro en apéro. Deux jolies cartes postales ! Des amoureux à Lisbonne, au dos d'une carte du tramway en noir et blanc. Une jolie fille d'un bord de mer tout embrumé, on a eu 18 et 19 ans ensemble. Nous nous sommes boudés longtemps mais je me souviens très bien, et elle aussi, alors nous pouvons nous revoir maintenant.

Vrai : ça me coûte de moins en moins de rester en carafe à la porte d'Ivry, malgré des travaux très bruyants. Un ascenseur a été installé, maintenant une voix d'aéroport nous dit les étages. Pourquoi les gens pissent-ils encore dans les cages d'escalier ? Tout le temps des travaux, trois matins par semaine un homme est resté assis sur une chaise avec un écriteau fait main sous une pochette plastique posée sur ses genoux : « portage des courses ». Il attendait sur sa chaise de jardin devant la loge fermée. On a bavardé vers la fin, sa vie de chômeur longue durée, sa honte et sa colère parfois incontrôlables, les boulots à la noix, les queues dans les bureaux d'aide et puis l'humiliation, les endroits irrécupérables où il s'échouait, comme ici. L'effort qu'il devait faire pour porter les cabas des autres ! Il n'avait pas toujours le cœur à bavarder.

L'été, la piscine du Château des Rentiers ne fait pas payer l'entrée tous les jours. Les restaurants chinois n'ont pas désempli entre les portes d'Ivry et de Choisy. Mon voisin le jardinier a récupéré un œil, il a pu se remettre au travail. Le temps presse, en octobre ils vont l'opérer du second ! Après il verra tout bien en principe. Il s'en moquait du noir de sa cataracte, qui est plutôt blanchâtre selon lui. C'était son jardin qui l'inquiétait. On a tous été contents de le voir revenir, ça pousse bien ! Les gens de l'hôtel du coin (touristes mexicains, roumains, italiens et polonais) se prennent en photo devant la grille et ses plantations. Puis, ils ouvrent leur plan de Paris.

En sortant du supermarché Géant pour les courses de la rentrée, j'ai vu une gamine poussée par son grand frère dans un container à vêtements, elle en est ressortie joyeuse avec des fringues. Gitans de la porte d'Ivry. Leurs parents vont sans doute essayer de vendre ces vêtements sur le boulevard de Belleville, où depuis cet été, ils font comme une cour des miracles les matins sans le vrai marché. Ils côtoient les derniers arrivants chinois et arabes qui vendent les mêmes frusques, sorties des mêmes containers par leurs enfants. Gens qui viennent de nulle part. Pour aller où dorénavant ? Un jour, j'irai vivre avec eux quelque temps. Pour le moment, quand je ferme les yeux par-dessus leurs étalages de récup déglinguée, je vois encore un vieux glacier qui me sourit.

*

L'automne à la porte d'Ivry il y a beaucoup de brocantes et de vide-greniers. Sur une petite brocante à la porte les gens vendaient surtout de la layette, des CD et un grand tas d'imprimantes. Des Roms avaient amené un âne et une charrette pour trimballer les enfants, quelque part entre la piste cyclable, la ligne du tramway et le boulevard des Maréchaux. Les mômes avaient plutôt l'air contents. À hauteur de la porte de Choisy, la charrette faisait demi-tour. Tout ça pour 1 euro ! Comme j'aime bien les brocantes je suis allé aussi à celle du boulevard Blanqui, près de la place d'Italie. Là de vrais brocanteurs vendaient de vraies vieilleries, avec cette manière à eux de prendre place sur leur fauteuil Louis XVIII, jambes croisées, et de regarder dans le vague l'arrivée du chaland, guetter le couple qui veut bien leur payer une fortune pour un machin vieilli. J'ai revu les mêmes types qu'au marché Paul-Bert des puces de Clignancourt. Ils tapotent sur leur portable, écoutent la radio en sourdine, sudokisent et papotent entre les stands où passent de moins en moins de gens, à cause du prix des choses et du coût trop élevé des emplacements. Debout, place et porte d'Italie, les rempailleurs de chaises ont depuis toujours l'air de marins au chômage, le nez au vent. Pourtant, c'est calme plat. Ce n'est pas encore cette année que je vais vendre mes vieilleries. C'est des sacrés problèmes d'armoire la vie. Faut que je vide !

Porte de Choisy il y en a un immense, de vide-grenier. Les gens débarrassent plusieurs trentaines d'étages d'appartements et j'ai mis une heure à en faire le tour. Adieu les vieux rollers, les habits du dimanche devenus trop petits, les vieux services à thé, sans oublier ce qui tombe du camion ! J'ai repéré une machine à écrire portative et mécanique Japy turquoise, je n'aurais sans doute pas résisté si elle n'avait pas eu le O coincé. Avec ça on écrit des romans qui se vendent comme des petits pains, le type m'a dit. Ah bon ? Il a dû flairer l'amateur. Ben oui, rien que des best-sellers. Mon prix c'est 200 000 euros, il a rajouté (après en principe on discute). Ben c'est normal, j'ai répondu. Mais pour ce O qui est coincé ? Il a haussé les épaules. À vous de voir, mais pressez-vous, c'est très chaud aujourd'hui. Quand je suis revenu vers son stand la Japy mécanique à best-sellers avait disparu. Pour me consoler je suis allé tout près, sur les Maréchaux, où, dans un cybercafé amélioré tenu par des Chinois, on peut louer aussi des box à 2 euros pour se faire des karaokés personnels, un peu sur le modèle des cabines des sex-shops où les pépères honteux mataient les films de boules de l'ancien temps.

On a des journées magnifiques en ce moment. Dès le matin, les gens collent leur tête à la vitre du PC2, une jeune femme souriait d'un air béat en se passant les mains au gel hydroalcoolique pour éviter la grippe A. Après, elle a passé de beaux gants rouges en peau. En classe les gosses commencent à s'amuser. Ils ont enfin compris que les vacances sont terminées ! Je croise beaucoup d'élèves rue de Belleville quand je vais traîner là-bas. Les Maghrébines se retrouvent dans les mêmes magasins de maquillage, elles achètent des tubes de rouge, du gloss et du vernis, des trucs qui puent aussi la pêche artificielle et vaguement l'abricot. De temps en temps en classe je leur confisque et je les plains aussitôt à part moi d'avoir un prof si sévère. Un vrai tyran ! Alors à la fin du cours je leur rends. Elles m'auront fait des sourires toute l'heure pour récupérer leurs achats ! Le miroir de poche dans la trousse. Le blush. Le portable dans le sac ouvert. La vraie vie n'est jamais bien loin, derrière les fenêtres où c'est clair, où c'est pour dans deux heures, où c'est bientôt fini. Je regrette de ne plus savoir ce que ça fait de guetter l'heure de la sortie avec la même envie qu'un jeune garçon un ballon de football, une jeune fille de la classe le fond de teint ou le gloss magique et fluo.

Il y a près de deux ans nous n'étions pas si nombreux à l'enterrement de notre collègue en proche banlieue. Elle avait 40 ans, elle était sympathique, elle avait beaucoup voyagé et elle se plaignait de ses difficultés au boulot. Pourquoi elle a fait ça ? « Elle est devenue parano. » « Elle avait qu'à rester en maladie. » « De toute façon elle était pas faite pour ce boulot. » Je n'en croyais pas mes oreilles. Aujourd'hui à France Telecom, dans les prisons, chez Renault, dans l'Éducation nationale et bien d'autres endroits où l'on bosse, des personnes succombent à la « mode de se suicider ». À la « contagion » des suicides ? Le type a dit ce qu'il avait à dire, puis il s'est excusé, sa langue aura fourché, on l'aura mal compris. Comme le ministre. Comme les autres. (Pauvres vieux gosses de riche !) Leur méthode est bien rodée maintenant, de haut en bas. Au bout du compte, ça fait quand même de la peine que notre avenir dépende de tant de gens comme eux, abrutis en pleine bonne santé.

*

Presque plus personne ne prend le boulevard des Maréchaux en voiture à cause des travaux du tramway, on a beaucoup moins de bouchons. C'est agréable, surtout le soir quand le PC ne marque pas tous les arrêts. On se croirait (ça aide si on rentre d'un repas arrosé) dans d'autres endroits d'autres banlieues d'autres pays, lesquels ? Je ne sais pas exactement. Il y a du L.A. là-dedans, une pincée de Liverpool et sans doute un zeste d'Istanbul ; ce soir-là je ne trouvais que des villes en « oul », enfin bref. Ces zones font toutes penser à cette ville unique qui n'existe pas vraiment, lorsque le bus PC2 fonce la nuit vers son terminus de la porte d'Ivry. Mais, le lendemain matin à 7 heures, ça fait quand même bizarre de se retrouver coincé dans le même bus (qui a changé de chauffeur) contre une grosse dame qui lit *Crime et Châtiment* au beau milieu de l'allée ! Je n'ose pas la déranger et je ne peux pas non plus la contourner, alors bon. Par la vitre du bus, j'aperçois une autre Très Grosse Dame peinte allongée sur une paroi de 5 mètres qui cache les travaux. Elle nous dit : *si le silence est d'or, le bruit est de béton*, et je suis tout à fait d'accord avec elle. À côté, un panneau Decaux imaginé par un publicitaire philosophe : *on ne choisit pas sa famille, on ne choisit pas vraiment non plus ses amis, alors, choisissons vraiment son ordi !* Quand je descends pour prendre le métro, je suis complètement essoufflé par ma lecture de Fédor Dostoïevski.

Où j'habitais avant, porte de Charenton, j'ai encore quelques voisins chez qui sonner pour boire un verre. Lors de mon dernier passage je suis tombé en arrêt devant la grande cour de l'école primaire, en haut de notre ancienne rue. Elle est tellement belle, cette cour-là. J'étais vers les grilles où j'allais guetter mes enfants l'air de rien, aux récréations. Et puis, les marronniers. J'ai rencontré Guillaume, le doyen des camés du quartier. Il était crâne rasé, en survêtement et avachi sur un pas de porte, il insultait à voix basse les éboueurs de la rue des Jardiniers. (Il est de moins en moins effrayant lorsqu'il menace de mort les petits mômes et de viol leurs mamans avec un pistolet en plastique rouge et vert.) Salut ça va ? Non, pas trop bien. Son copain, « Petit-Blond », a fini par mourir il y a six mois, Guillaume n'en revient toujours pas du fric qu'il coûtait à la Sécu du temps de sa trithérapie. On a parlé de « Petit-Blond ». C'était le fils de personne, c'était l'enfant du rien, c'était une mauvaise herbe qui crame dans du béton ! Paix à son âme et merde à nos chiennes de vies ! Je n'ai pas osé boire dans la même canette que Guillaume à la mémoire de son ami. T'as peur de moi ? Moi, Guillaume, peur de toi ? T'es ouf ou quoi ? Excuse-moi, je croyais… Puis, il s'est levé d'un bond pour aller embêter les éboueurs. Hé, venez voir, là-bas c'est pas bien nettoyé, c'est là-bas, hé, venez ! Je suis parti sans rien lui dire. Que des fantômes. Et moi aussi en fait, porte de Charenton, sur le pont au-dessus des trains. En somme il n'y avait plus que Guillaume à qui causer et quelque part autour de lui le zombie de « Petit-Blond ». Je me suis retrouvé le long de la grille de l'école primaire, j'allais prendre le PC2 une énième autre fois. Elle est déjà finie, la récréation ? J'aurais sans doute mieux fait de rester avec la grosse dame, au moins j'aurais pu avancer dans *Crime et Châtiment*.

À force de trajets comme ça on finirait par ne plus rien voir, ou par ne plus vouloir rien regarder. Par chance, on a toujours une occasion. Malesherbes : direction la maison de retraite, par le RER D. Je vais tenir compagnie à une vieille dame qui m'achetait plein de gâteaux quand j'étais gosse. Jusqu'aux confins de l'Essonne, le RER D ne désemplit pas, ensuite il s'arrête dans des villages où rien ne se passe jusqu'à Malesherbes, terminus où il semble prévu que demain, beaucoup de gens habiteront, à une heure vingt minimum de Paris-Gare de Lyon. On s'ennuie peut-être un peu moins à Pithiviers, à mon avis : hôpital du moment pour ma vieille dame préférée. C'est la Beauce, il n'y a plus de trains, il n'y a même plus de terminus, on voit des éoliennes et des silos. Ça sent le vieux pognon céréalier, mais où sont cachés les gens ?

J'ai été invité à Marseille. C'était encore l'été là-bas j'ai trouvé (surtout pour les filles). Claude nous a parlé de l'histoire récente du mouvement des femmes à Marseille et c'était très intéressant. Marseille vous lave vraiment de la porte d'Ivry, du « Petit-Blond », du terminus de la ligne D du RER et de l'hosto de Pithiviers. Un jour, j'irai glander là-bas cent ans ! Avec Mercedes et Nathalie nous avons remonté vers la gare Saint-Charles par des vieilles rues où les Arabes vendent des bricoles sur les trottoirs. On tourne les yeux, on devine vers la mer. Du coup, on voit absolument tout en bleu. Sur un mur de la gare quelqu'un avait écrit *Salut les minots !* et j'avais déjà lu cette phrase le matin en me baladant dans les petites rues du Panier. Je l'ai écrite sur un papier en attendant le train bien en retard à cause d'une alerte à la bombe.

*

La boulangerie de la porte d'Ivry est en liquidation judiciaire. Adieu le Fournil de Jacques. La boulangère sortait du centre commercial Masséna 13 en portant ses cabas, avec ses cuissardes brillantes, ses ongles très longs, dernièrement mauves à points roses, et le vert en folie dans ses cheveux courts. Quand j'ai souri dans sa direction elle m'a suivi des yeux du genre qu'est-ce qu'il me veut ce bonhomme-là ? On s'est croisés sans se parler. Il s'agit d'une sombre histoire de crédit immobilier qu'elle a scotchée partout sur la vitrine en tippexant les noms propres. C'est une grave erreur judiciaire ! En attendant, comme me dit mon voisin russe qui plaisante tout le temps, sans boulangerie porte d'Ivry, on n'est pas sortis de l'isba ! Je l'entends jouer du piano à toute heure du jour ou parfois de la nuit, c'est un vrai pianiste russe de grand format (1 mètre 98 exactement). Il a une dégaine moscovite, ses yeux sont très bleus. Il sort dans la rue pour fumer. En fait il est venu ici comme ça, pour cachetonner. Il a seulement besoin de ses partitions et aussi de boire un verre, surtout quand la musique résiste ! Depuis la fermeture, nous nous guettons pour aller acheter du pain rue de Tolbiac et en chemin il me raconte des histoires de Russie, des bitures soviétiques, son enfance aussi. Je l'aime bien.

Je suis passé rue Albert, la rue des foyers des Maliens. En face du commissariat, À la santé éternelle, un salon de massage comme il y en a tant par ici. Des jolis rideaux bien plissés, de la lumière tamisée et, derrière la petite table où patiente la jolie manucure asiatique, un petit autel (le bouddha se bidonne avec trois mandarines). Je suis tombé sur mon copain Grégoire qui en sortait. Mais qu'est-ce que tu fais là ? Il n'avait pas l'air très heureux de me voir. Il a haussé les épaules. La période des fêtes lui met toujours le bourdon, il avait besoin de réconfort. Euh… c'est comment ? Ben, ça fait du bien. Tu rentres, elles te sourient, elles te demandent où tu as mal, elles te demandent : c'est amical ou médical ? avec un sourire gentil et une de ces voix douces ! T'as choisi quoi ? Ça ne te regarde pas, m'a répondu Grégoire, tu n'as qu'à y aller, t'habites là. Allez, tu peux me le dire à moi ! Il a beaucoup hésité. Finalement, il a pris l'amical parce qu'il était surtout désespéré. Le médical c'est pour le mal de dos, les tendinites, les douleurs. L'amical c'est pour tout, tu te laisses faire, tu voyages… Du coup il allait beaucoup mieux. Et toi, comment ça va ? il a fini par me demander. Eh ben… j'ai super mal au dos, j'ai répondu. Tu sais ce qu'il te reste à faire, m'a dit Grégoire. Oui, salut, mes amitiés à ton épouse ! Dehors, les guirlandes des frères Tang clignotaient bêtement. Le vent entre les tours, les SDF asiatiques accroupis contre les murs avec leurs bières à 8 degrés. Les petits jeunes bien concentrés pour rouler leurs pétards au pied de Bologne et d'Ancône. Les Roumaines frigorifiées à genoux sur des cartons. Les types qui passent la nuit assis dans les cabines téléphoniques. Noël. Et puis le nouvel an.

Depuis trois jours il neigeait ! En rentrant du travail (*last day !*) j'ai fait mon trajet habituel, en sortant d'Olympiades. J'ai dépassé tous les distributeurs en veste colorée de *Top Santé*, *Direct Matin*, *Paru Vendu*, et j'ai souri sans m'arrêter aux jeunes gens qui vous démarchent pour MSF, Care, Oxfam, WWF. La neige tombait lentement, tout le monde avait l'air content. Au coin de la rue Marcel-Duchamp, derrière l'écran de la neige, l'entreprise aux grandes baies vitrées du rez-de-chaussée – je n'ai jamais compris ce qu'ils faisaient dans cet aquarium-là –, des femmes assises devant des gros ordinateurs, et sur une laide armoire en fer, un gros *Harrap's* en deux volumes qui ne sert plus depuis longtemps. Elles regardaient vers le dehors en souriant aux flocons. Les branches fragiles et nues, blanches au sommet, les plafonniers blafards dans les ateliers en duplex. Le square des Chamaillards n'était même pas fermé. Le panneau annonçant que la pelouse est en repos était presque entièrement recouvert ! Le jardin de la petite ceinture avait commencé à dormir.

Le lendemain matin, j'ai pris le PC2 jusqu'à la porte Dorée et ses palmiers tout engourdis. Sur le chemin du lac, il y avait quelques zones de neige vierge devant, sans aucune trace de pas. Le soir, en rentrant de Choisy par le bus 183, tout droit au bout de l'avenue, les tours des portes d'Ivry et de Choisy brillaient à travers le halo, et c'était comme rejoindre un endroit qu'on a choisi, un endroit qui vous attend, mais la neige s'est arrêtée. Ce matin il n'y a déjà plus de neige à la porte d'Ivry.

*

Dans la cité Masséna rouge tout en haut un jeune homme fume des clopes sur son petit balcon, il a une tête poétique avec ses cheveux mi-longs et son regard égaré, surtout sous la neige. Un peu plus bas deux petits enfants le nez collé à la fenêtre regardent tomber les flocons, parfois ils tirent la langue vers la neige, ils doivent avoir envie de descendre faire des bonshommes. Une autre fois deux petits cons bombardaient dans la rue un clochard avec des grosses boules dures et de colère j'ai failli me bagarrer avec ces deux gamins de 15 ans, comme à la récré ! Ça me plaît de voir ce jeune homme fumer avec son air à la lord Byron. À part lui, les petits enfants, sans oublier les naturistes plus à gauche dans l'immeuble qui ne consultent pas le baromètre pour se mettre nus, les gens d'en face sont moins intéressants, même quand on se retrouve tous plus ou moins ensemble aux fenêtres, avec qui ses pensées du soir, qui ses pensées du matin et de la mi-journée : la neige qui tombe, la panne du RER, le tremblement de terre à Port-au-Prince, je ne sais quoi. Ce ne sont pas les raisons de regarder par la fenêtre en parlant tout seul qui manquent, au bout de la rue du Château des Rentiers. Je regarde les petits mômes à travers les flocons, interdits de sortie par leurs parents.

En me levant la nuit, ces derniers temps, j'ai eu des doutes sur la cabine téléphonique des Maréchaux, celle à côté du foyer des travailleurs migrants et de la mosquée en sous-sol. À plusieurs reprises j'ai vu une ombre dans la cabine, une espèce de grand type dégingandé qui restait sans bouger. Je me suis relevé à 4 heures, il était toujours là, et les deux nuits suivantes. Il devait attendre un coup de fil qui ne viendrait jamais. Ou alors, il voulait en donner un à quelqu'un. J'y suis allé la nuit d'après à 3 heures. J'étais sûr qu'il m'attendait ! J'ai traversé les Maréchaux déserts, mais le type avait disparu, ou peut-être qu'il n'existait pas, finalement. Je me suis souvenu de ça : c'est toujours quand tu dors que j'ai envie de te parler. Mano Solo.

Mon fils m'a appelé d'un bar pour me dire qu'il était mort. On l'avait vu à l'Olympia tous les deux. Il avait ce talent pour chanter Paris, en louchant du côté de Brel et de Ferré, avec le sida sous la peau. J'écoute autour de moi, il y a beaucoup trop de fatigue, beaucoup trop de morts en janvier. De Haïti on voit les scènes de pillage à la télé, en boucle. Ils répètent toujours ce mot. « Pillage », à la télé, ça veut donc dire prendre à boire et à manger quand on a soif et faim ? À une émission d'Europe 1 consacrée à Haïti, une dame disait qu'il fallait un protectorat, un autre voulait que l'État laisse les sans-papiers haïtiens aller voir leur famille ou enterrer leurs morts, puis rentrer ici. Chacun y allait de son petit vélo à la noix. Pillage ? Derrière la fenêtre de la Bourse du travail de Saint-Denis où l'émission était enregistrée, j'apercevais la zone et puis, au bout, le stade de France si grand, si calme, comme si rien de ce genre ne pouvait arriver jusqu'ici, que nous étions pour toujours à l'abri.

Mon voisin le jardinier va très bien en ce moment. On a papoté deux fois de suite dans le bus PC2 de bon matin. Il portait un bouquet de tulipes à une dame de la porte de Pantin. La deuxième fois, il pensait au Portugal, les yeux tournés vers les incinérateurs de Bercy, qui selon lui font beaucoup de mal aux plantes, à la terre autour de nous. Juste après la fonte, il a arrosé le seul palmier de son jardin, et quand je lui ai demandé pourquoi, il m'a montré du doigt la terre qui buvait bien. Puis il m'a calculé avec son petit sourire : jardinier ça ne s'invente pas !

Fenêtres des tours des portes d'Ivry et de Choisy. Le soir elles sont toutes différentes. Les rideaux ont différentes couleurs, beaucoup d'intérieurs semblent bleutés quand on les regarde du bas. Des gens n'ont rien pendu à leurs murs, d'autres ont transporté à leur étage leur vie d'avant, leur vie d'ailleurs, parfois c'est couvert de posters et de photos. Appartements dont les enfants forment le centre, avec des dessins aux fenêtres et des décalcomanies. Il y a aussi ceux qui n'ont pas pris la peine, se contentent de tendre des draps pour ne pas être dérangés par la lune et les étoiles. Ça fait des milliers de gens, c'est très fragile, et c'est comme un grand bateau pour un voyage qui ne bouge pas.

Je voulais le faire depuis longtemps : je suis monté tout au sommet d'Ancône. Au 32e tout le monde descend ! On voit très loin vers les banlieues, aussi loin qu'on porte les yeux. Derrière tous ces bâtiments, on aperçoit des routes et des endroits où on serait perdus mais jamais complètement. Devant nos yeux c'est personne, c'est nulle part, c'est le quartier des types qui donnent des coups de fil au milieu de la nuit, à des gens qui n'existent pas. Je me suis relevé pour voir s'il était là. Mais non. Alors bon, je fais quoi ? C'est souvent quand tout dort que j'ai envie de te parler. Eux aussi, moi aussi sans doute, quelquefois.

*

Hier j'étais à Saint-Martin-d'Étampes, le terminus du RER C, pour visiter quelqu'un à l'hosto. La neige était sans traces, j'ai pu marcher dessus comme si j'étais le premier à le faire. J'ai dû demander mon chemin, il faut passer sous des voies rapides, longer des petits canaux avec des saules pleureurs, à un moment j'étais perdu. On est dans le sud de l'Essonne. En rentrant dans un café pour me renseigner, j'ai remarqué un type qui s'appelle Néant, entre Hernandez et Raoul, sur l'interphone de la porte à côté. J'ai fait demi-tour deux fois pour vérifier, c'était vrai ! Du coup j'ai vite retrouvé le chemin. Au retour j'ai rencontré une jolie femme, nous nous sommes vouvoyés, puis tutoyés, elle m'a accompagné un peu, ici ça la changeait de la Réunion, oui oui, elle travaillait à l'hôpital. Elle avait fini son service. J'ai regretté un peu de la quitter tellement elle était jolie à bavarder. Au revoir monsieur Néant ! Ce patronyme me tourne encore dans la tête. C'est un drôle de nom à porter. Mon papa s'appelle Néant ? Ça doit faire bizarre quand on est petit, ce doit être encore plus insidieux quand on est grand.

J'ai visité l'exposition Soulages à Beaubourg, je voulais y aller depuis longtemps. J'avais surtout envie d'oublier l'hôpital près de chez M. Néant. Soulages a de la suite dans les idées. Son noir tout noir donne un grand frisson. Il bouge tout le temps dedans, parfois il change tout doux, d'autres fois très rapidement, il se laisse bien regarder, et longtemps. Sa peinture aurait-elle plu à l'infirmière qui venait de la Réunion pour soigner des mourants ?

Nous avons de grands musiciens dans le métro en ce moment. Sur la ligne 5 un gros monsieur avec peu de dents et une casquette Suze Gentiane joue magnifiquement de l'accordéon Scandalli, le petit maigre qui l'accompagne à la darbouka et fait la quête n'est pas manchot non plus. Quand le gros virtuose veut changer de wagon il appelle son copain qui a toujours des choses à dire aux passagers. Bambi, tu viens ? Des gens rient sur la ligne 5. Dans les couloirs à Châtelet, un guitariste devant les escalators et les escaliers de la 7 joue « Besame mucho » depuis une paire d'années. Ça résonne dans le long couloir, et, avec les journées qu'il y passe, il n'y a plus que les historiens de la station Châtelet qui peuvent savoir qu'à l'origine, c'est « Besame mucho » qu'il joue. À l'air libre, ces derniers temps, il faut faire attention aux pétards du nouvel an chinois, celui du Tigre, quand on rentre chez soi à la porte d'Ivry. *Où est Kurtz ?* C'est écrit en grosses lettres sur un mur de la rue Nationale au numéro 50, je transmets la question parce qu'ici tout le monde se fout bien de le savoir, apparemment.

Depuis l'installation de la fibre optique dans ma rue plus rien ne marche, ni le téléphone, ni l'Internet, ni même la télévision. Rumeur de la rue du Château des Rentiers : les câbles de la fibre optique passant dans les égouts, et si c'étaient les rats qui nous bouffaient nos numéros, nos télés et nos ordis ? Je me suis donc remis à faire la queue pour appeler d'une cabine en attendant qu'ils réparent. Mode d'emploi. Un, nettoyer le combiné avec son écharpe, deux, regarder vers dehors et pan pan pan, tirer avec l'œil gauche, le droit, et celui du milieu si on vous dévisage d'un air trop impatient, ou indiscret, ou les deux ! Quand on attend son tour on devine parfois des sourires, des familles plus belles que nature à cause de l'éloignement. Ce sont surtout les Africains du foyer des travailleurs du boulevard des Maréchaux qui fréquentent cette cabine. Ils s'accroupissent à voix haute, et puis, ils vous remercient d'avoir patienté. Quand on a raccroché on retourne chez soi, entre-temps on a rappelé SFR, le M. Néant du coin vous aura baratiné avec sa voix un peu navrée, et on espère quand même vaguement que, on espère bien encore, ou en tout cas, on tient.

M. Néant boit une bière, il est assis la nuit sur son divan rouge passe-partout. Rien à la télé, rien à la maison, rien nulle part. Il regarde par la fenêtre de la rue du Château des Rentiers. Son voisin russe joue en sourdine sur son piano. Quelques lumières allumées vers les tours de Choisy. Dans la rue en face, des nouveaux locataires ou, au moins, des gens que je n'avais pas encore remarqués. Des cartons pas défaits sont empilés dans la pièce où ils se tiennent, la lumière est tamisée. Des gens foncent dans la rue, avec les mains dans les poches pour attraper le dernier tramway. Il y aura des souvenirs du dernier tramway dans longtemps, pour ceux qui raconteront leur porte d'Ivry, de Choisy, d'Italie. D'où ça ? Ils ont l'air flou. Ils s'embrassent. Quand ils éteignent la lumière, il est temps de se coucher.

*

Je n'avais jamais vu un tanker d'aussi près depuis la visite scolaire du pont de Tancarville, il y a plus de trente ans. À la médiathèque de Martigues, dos au canal : tout à coup un bateau gros comme un immeuble nous frôle sans bruit dans les lumières du soir, le pont au bout pour le laisser passer fait penser à un grand héron, ou à d'autres ponts dans les villes futuristes de vieilles bandes dessinées, à des grands escogriffes en fer qui viendraient nous tuer dans nos rêves. On a passé une bonne soirée. Je suis arrivé à Marseille, où j'ai bu mon premier café en terrasse de l'année. Vu la première jeune fille en jupe courte et tee-shirt, elle se roulait une cigarette, puis elle l'a allumée en fermant les yeux – soleil. Autour du Vieux-Port et dans le quartier du Panier, des gros tas d'ordures. Chaque fois qu'on voit des gros tas d'ordures autour des containers faits pour, on se dit qu'il y a quelque chose d'important à comprendre à propos de Marseille. Ça fait toujours autant plaisir de descendre les grands escaliers de Saint-Charles, et de pouvoir toucher du bout des yeux les gros bateaux silencieux, de revoir ses amis.

J'aperçois quelques bourgeons par la fenêtre de la cuisine, dans la rue du Château des Rentiers. Un pigeon a fait son nid sur le petit balcon. C'est tout. Quand l'hiver dure trop longtemps on aurait envie de fermer les yeux et plusieurs jours après, réveil : dehors les arbres sont verts, et on est beaucoup plus heureux ! Le dimanche du premier tour des élections, je suis allé voter dans l'ancienne école de mes enfants porte de Charenton, un type y traînait son gosse qui ne voulait rien entendre. Je veux pas aller à l'école ! Je veux pas aller à l'école ! Puisque je te dis que non, tu vas pas à l'école, c'est pour aller voter ! Le garçon a réfléchi quelques secondes. Ben j'veux pas aller voter, j'veux pas aller voter ! Il braillait tant que son père est passé en urgence, puis il est ressorti en serrant son doudou contre lui. Il avait eu très peur cet enfant-là.

J'étais un peu ému. J'aime bien retourner dans l'école de mes mômes, celle d'avant. Voter est bien aussi. La tête qu'on a dans l'isoloir, et puis, dans la file juste avant, les réjouis qui prennent tous les bulletins et d'autres plus décidés qui n'en choisissent qu'un, les excuses farfelues pour dire que non, on adorerait mais ce soir on ne peut pas aider au dépouillement du scrutin. Les jolies jambes de l'isoloir sont-elles de gauche, de droite ? Dehors j'ai bu un café au comptoir à l'Atlantico. *O Atlantico !* Des types y jouent aux cartes depuis 1980. Retransmission d'un match de foot de Porto, de Bilbao, ou parfois de Macao. La serveuse se maquille, d'abord les lèvres, puis les yeux, puis les lèvres. Elle a un papillon bleu clair tatoué sur l'épaule droite. Plus personne de ma connaissance ne traînait dans le coin. Pas grave puisqu'on se reverrait une semaine après, les anciens voisins et nous, enfin : et moi. On se croit toujours plus nombreux qu'on est, de mémoire. Je n'ai pas pris le PC2 pour rentrer. J'ai marché trente minutes jusqu'à ma bonne vieille porte d'Ivry. *Oh baby !* J'étais content de m'y retrouver après avoir pris trop de trains ces derniers temps. Était-ce dans celui pour Lyon qu'il m'avait fallu me tartir des rappeurs, des vieux routiers qui avaient tous au moins 30 ans ? Ils parlaient trop fort, ensuite ils sont partis manger, j'ai faim mon frère, ouais, cousin, j'ai faim ! avant de revenir et de broder encore sur leur sujet préféré : l'oseille mon frère, le blé, cousin ! Fin de l'histoire des rappeurs du TGV.

Mon voisin le jardinier ramasse les mégots des gros cendriers sur le trottoir de l'Inserm pour faire sa tambouille contre les pucerons. C'est près de la bibliothèque Melville, sur le trottoir de gauche rue de Tolbiac, qui est la limite du quartier dans sa vie. Il va plutôt vers la banlieue voir ses copains au petit square des dominos. Quand on lui offre une clope il s'offusque évidemment, il ne récupère pas des mégots pour fumer, c'est contre les pucerons ! Comme on a eu une grosse tempête ce mois-ci il a beaucoup à faire : nettoyer le terrain de toutes les saloperies qui se sont déversées, remplacer des tuteurs, désherber… Parfois il se balade avec un jeune garçon, peut-être son successeur ? Ils ont ressorti les tables au Boru's Café, au café Pourpre aussi. Au Boru's, la patronne a teint ses cheveux depuis peu noir de jais. Elle était sa première cliente hier matin, il faisait bleu clair, pas trop froid, assise à sa terrasse vide. Je ne voulais pas la déranger. Du coup je suis allé jusqu'au Rallye, rue de Tolbiac, mais toutes les tables étaient déjà occupées par des étudiants et des gens à ordis. Je suis rentré par la petite Chine de Paris, ça bouchonnait devant l'entrée du supermarché des frères Tang : les condés font du chiffre avec les autos mal garées. J'avais envie de faire mes vitres. On devait faire les vitres au printemps par chez moi, en banlieue. Aujourd'hui j'adore ça ! Bientôt il y aura des feuilles aux arbres et le soleil rentrera sans taches de doigts par mes fenêtres, rue du Château des Rentiers.

*

Une vraie Bentley noire brillante est restée garée plusieurs jours sur le boulevard des Maréchaux. Je n'étais sans doute pas le seul à guetter son conducteur. Elle est repartie, de nuit. Elle est beaucoup plus classe que la limousine blanche que louent les Asiatiques pour les mariages. D'abord les photos sur la dalle des Olympiades, ou au parc de Choisy, qui est à l'aune d'un vrai parc ce qu'un immeuble en Lego est à un vrai, clic. Puis un amour sans nuages, achat d'un studio dans l'une des tours, remboursement extrarapide du crédit, revente pour emménager dans une maison à Ivry, de l'autre côté du boulevard périphérique. Entre-temps les années ont passé et, mus par la nostalgie, madame et monsieur décident de sortir la Bentley pour retourner dans leur ancien quartier, là où tout a commencé pour eux. Comment savoir ?

De l'autre côté. Je n'y vais pas si souvent, la nationale qui traverse Ivry est l'une des plus tristes du coin. Les arbres étaient bien verts, ils construisent beaucoup à Ivry. Ils démolissent beaucoup aussi, évidemment. On avance, on reconnaît les sigles habituels, Pôle emploi, Sécurité sociale et Manpower ; les restaurants chinois cèdent la place aux sandwicheries doner et aux pizzerias de nulle part. J'ai acheté un croissant à Mon Sahara, avenue de Verdun. Dans cet endroit encore peuplé de Jean Jaurès, Lénine ou Louise Michel, il y a des choses à voir quand on a le cœur à chercher. Je me suis rendu au grand cimetière de Choisy où j'ai passé pas mal de temps avec tous ces noms, ces tombes et ces additions fatidiques. Beaucoup de gens meurent assez tôt dans le coin, avant l'âge des nouvelles retraites qu'on nous prépare mais juste après celui des mises à pied des quinquagénaires. C'est bien plus spacieux qu'un cimetière parisien, mais ça manque de célébrités. Les grands arbres. Une jeune femme lisait sur une vieille dalle, son copain couché sur l'herbe à côté dans un carré réservé aux soldats de 14. Elle portait des très hautes semelles compensées, un blouson noir en cuir, un collier de chien, de la poudre de riz sur le visage, je n'ai pas vu le titre de son bouquin.

Je suis rentré à pied sans avoir retrouvé la Bentley. En direction du Kremlin-Bicêtre, j'ai aperçu un vieux panneau : Préfecture de la Seine, chemin de Gde Couronne, de Vincennes à Boulogne. Un réparateur toutes marques d'accordéons dans l'immeuble crasseux du coin, avec vue sur le périphérique, bientôt tout sera démoli. Là, sur le pont, un film était tourné. Avec une grosse caméra et plusieurs camions *Loges de stars*, un buffet très correct et beaucoup de matériel. On était une dizaine de badauds. Un type essayait de prendre une photo avec son portable en retenant son chien qui avait l'air énervé. Arrête de tirer sur ta laisse, merde, je les prends en photo ! Une jolie rousse surgie du *no man's land* de la petite ceinture a demandé c'est quoi comme film ? Un type lui a répondu avec un sourire bleu modeste que c'était un film sur TF1. Je vois je vois, encore une merde ! a soupiré la jolie rousse en enjambant les câbles, ce qui a quelque peu médusé le type de TF1. Et puis le chien méchant avait fini par s'échapper et attaquait la caméra ! C'est là qu'on coupe. Ça tombe bien car j'ai peur des chiens. Le cimetière était tranquille, en tout cas.

J'ai rencontré Alain (Demouzon) en bas de la médiathèque Melville. Il y rapportait des bouquins. Nous avons bavardé. Il a débarqué ici en 1971 avant l'arrivée massive des réfugiés du Vietnam et du Cambodge, qui ont investi les tours où les Français de souche ne voulaient pas habiter. Il m'a parlé du magnolia kobus au coin de la rue Nationale, et puis des autres arbres, des prunus à noms compliqués, il peut nommer tous les arbres du coin. Il m'a parlé du jardinier qui précédait celui que je connais. Des restaurants, avant qu'ils soient devenus chinois, il m'a parlé de la cantine d'Untel, de la ruelle où la grand-mère d'Alphonse Boudard pendait des rats par la queue pour faire sonnette contre les emmerdeurs. Ses visions du quartier pourraient sans doute accueillir une Bentley noire garée devant un immeuble de brique mordoré, au printemps. Parfois tout ça vous donne un sentiment fragile d'éternité, tandis que le vrai temps cahote méchamment (rien à voir avec une virée en Bentley), dans la rue du Château des Rentiers.

Hier j'ai croisé Hakim en bas de chez moi. J'étais très content de le voir. Il a 20 ans maintenant. Il faisait la police dans la classe de troisième, il était déjà ceinture noire de karaté. Il m'a donné des nouvelles de Nikola, son copain serbe qui adorait la bagarre seul contre tous. Les flics sont venus quelques fois pour les séparer, à Reuilly-Diderot. Il se bat pour de vrai maintenant, en Afghanistan. Hakim fait ce qu'il peut pour lui soutenir le moral, par e-mails, par textos. J'aimais bien ces sales mômes-là. La nuit, je me suis souvenu de Nikola, il comptait ses ennemis par la fenêtre de la classe, à dix contre un m'sieur, vous allez voir, ça va saigner ! Et sa tête amochée des lundis. Hakim m'a dit qu'ils passeraient me voir quand son copain serait rentré, *inch Allah*. Oui Hakim, *inch Allah* !

*

Je rentrais du travail. On s'est tout de suite reconnus. Nous avions tous les deux 20 ans. Elle habitait porte d'Orléans de l'autre côté du périph. Dans sa rue bien avant sa naissance Raymond Federman avait été caché dans une armoire par sa mère et de sa famille il était le seul survivant. Cinq ans avaient passé depuis la dernière fois. On n'a pas eu grand-chose à se dire. On n'aura jamais eu grand-chose à se dire, seulement on se revoit aux moments où ni moi ni elle n'y pensons. On fait juste confiance à ce hasard qui réunit les gens, et qui les sépare aussi bien. Nous avons bu un café, cette fois elle avait le temps. Je n'étais jamais allé dans ce café. C'était peut-être un café ouvert exprès pour ces retrouvailles et il aura fermé depuis ? Il se trouve près de chez moi en montant vers la place d'Italie. Ça faisait longtemps qu'elle ne vivait plus à Paris, et toi ? Je préfère m'arrêter au « et toi », qui est comme la promesse d'une autre fois, de combien encore d'autres fois ? Elle avait l'air bien plus en forme que la fois d'avant.

Les premières retrouvailles, mes mômes étaient petits, nous nous étions croisés dans le parc à la cité U où elle baladait les siens. Nous nous étions à peine parlé, ce n'était pas encore assez loin. Et puis ils étaient venus pour jouer. Une autre fois, longtemps après, elle m'avait donné rendez-vous dans un salon de coiffure du septième arrondissement. Ça ne m'avait pas trop plu d'attendre la fin de son brushing, comme si elle ne venait pas de Montrouge, mais des États-Unis où elle vivait cette année-là. On se recroiserait peut-être, elle m'a dit. Je l'ai crue. Je suis rentré à pied porte d'Ivry, au coin de ma rue j'ai vu les lumières de la foire du Trône au bout de la ligne des trains désaffectée. Les grandes roues clignotaient, là-bas. Les familles attendaient sans doute le PC2 avec des peluches bien trop grosses pour la chambre des enfants. Et j'attendrais toujours la prochaine fois. Tant d'années.

Avant la porte de Clichy, il y a la cité des Fleurs, où ce sont des maisons, mais il y a une grille à digicode de chaque côté de la rue, maintenant. Avant quand on étudiait dans le coin on pouvait y manger tranquillement un sandwich à l'heure du déjeuner. Je suis rentré dans la cité des Fleurs en suivant deux vieilles dames dans cette campagne à Paris. Les mômes jouent à cache-cache dans le passage sans voitures. Des jeunes femmes sortent des transats et jouent *Desperate Housewives* sans se soucier des caméras. Des belles maisons. Devant les grilles une Jaguar, des Benz, une DS rouge, des BMW. Il faut faire un signe au gardien pour qu'il ouvre la grille à l'autre bout, et puis, on se retrouve à deux minutes de la porte de Clichy où ce ne sont plus des maisons, mais des immeubles pas jolis. Des types marchent vite dans le bruit, ils vendent des paquets de clopes à 2 euros 50, des montres, des choses comme ça. D'autres restent immobiles dans la rumeur sur un trottoir du boulevard des Maréchaux. Le lycée Balzac comme une grande caserne pas tout à fait désaffectée.

Quand j'ai appelé Raymond pour prendre de ses nouvelles, il était hilare. Il m'a parlé du vol des tableaux du musée (Matisse, Braque, Modigliani, Picasso). Il y en a pour deux cents millions ! Il est souvent veilleur de nuit dans les musées, où selon lui on rentre comme dans un moulin. L'alarme ne marche pas, ou les fenêtres ferment mal, on a perdu la clé de la porte d'entrée. Dans certains endroits, des chefs sadiques programment des coups de téléphone automatique, à 3 heures du matin, impossible de bien dormir si on ne débranche pas en début de soirée ! Les musées à Paris n'emploient pas de veilleurs intérimaires plus de quatre mois par an pour ne pas avoir à leur payer le chômage. Alors bon, m'a dit Raymond, je te dis pas le *turnover*. Le turnoquoi ? Le *turnover*, c'est de l'anglais. T'es pas prof d'anglais par hasard ? Oh *fuck you*, Arsène Lupin ! Ils ne pourront pas refourguer les tableaux, évidemment. Ce sont des commandes d'amateurs éclairés, à son avis. Mais même si chaque voleur s'achète un tout petit quatre-pièces du côté du Trocadéro avec ses émoluments il devra quand même encore se déplacer en métro. Restons discrets.

Passage Bourgoin, près de chez moi, les petites maisons sont fleuries. Les roses blanches qu'elle ne verra pas. De l'autre côté des pare-bruit tagués du périph, je me suis promené dans le quartier des vieilles bicoques à Ivry, j'ai entendu des merles et des martinets. Des escaliers descendent jusqu'à la plaine de Charenton. Les barres en contrebas sont bien moins élégantes que les tours des portes d'Ivry ou de Choisy. Je suis allé jusqu'à l'hôtel Kyriad, au-dessus du périphérique pour le touriste bon marché. Des cars d'Europe de l'Est. Des gens sortaient avec leur plan, ici c'est dans la zone, la tour Eiffel on la voit bien, mais bon, comment on fait pour y aller ? J'ai guidé des Polonais vers le métro porte d'Ivry en passant par le chemin des vieilles maisons. Tous les oiseaux du coin chantaient.

*

Près de chez moi on a parfois un beau soleil couchant le long de la petite ceinture. Dans cette rue, près du Best Western Hotel, des gens vivent dans de minuscules appartements qui jouxtent l'immeuble désamianté et refourgué au ministère de l'Éducation nationale. Je bavarde parfois avec un type logé au rez-de-chaussée, qui a connu son lot de gros problèmes, chômage, divorce et maladie – eh ouais, comme je dis, j'ai touché le tiercé dans l'ordre ! – et ne s'en est jamais remis. En ce moment il a une baisse de moral supplémentaire, car il ne peut qu'imaginer les discussions passionnantes qu'il aurait eues avec ses collègues au sujet de la Coupe du monde de foot. La dernière il avait encore du travail, mais c'était il y a quatre ans. Qui va gagner à ton avis ? Il passe beaucoup de temps devant la télé. L'Afrique du Sud c'est vraiment un beau pays, il se demande si les joueurs ont eu le temps d'aller voir les girafes et les lions, avec toutes ces responsabilités qu'on leur colle au maillot ? Les lions, les bêtes sauvages, c'est pas plutôt au Kenya ? Je n'aurais pas dû l'interrompre. J'ai gâché sa causette du jour sans le vouloir. Monsieur Je-sais-tout, il m'a dit, avant de se mettre à bouder. Je l'aime bien, mais il est boudeur cet homme-là. En ruminant, quand le soleil se couche, il aimante ses chaussettes propres à la porte de son frigo. Ça fait des années qu'il galère dans son studio de 12 mètres carrés, des années qu'il fait sécher ses chaussettes au soleil couchant, sur le frigo, à cause de l'humidité.

Rue Albert, si l'on se décide à traverser le troupeau des policiers devant le commissariat, si on n'a pas peur de se faire interpeller, si on ferme les écoutilles à leurs hallucinantes conversations – les voitures, les portables, les le chef a dit et moi j'ai répondu, leur sauce préférée pour les hamburgers du McDo du coin ou pour les kebabs d'à côté –, on atteint un grand bâtiment qui a une forme de Y inversé, tout en verre. Pour se protéger du soleil, les Maliens qui vivent là scotchent des posters aux fenêtres ou y suspendent des tissus imprimés avec Bob Marley ou le Président Obama, dont la cote est moins élevée que celle de Bob Marley, ou même que celle du pasteur King qui reste stable en noir et blanc, d'après le nombre de fenêtres de cet immeuble. J'ai compté trois *I have a dream*. En ont-ils seulement parlé, de leur rêve, les résidents de ce foyer ? Leurs larges sourires dans le soleil couchant. Ils achètent sans doute ces tissus sur le marché de la place Jeanne-d'Arc, le dimanche matin. Il se tient autour de l'église qui sert surtout de lieu de culte pour les clochards regroupés sur les marches.

Dernier dimanche du printemps, prière pour avoir de quoi

boire cet été. Seigneur, prends pitié de nous. Mon père, nous gardons l'œil vissé sur notre Bavaria, avec l'air de nous en moquer et de ne même pas avoir soif, mais vous savez déjà que dans quelques gorgées, il va nous falloir retourner tendre la main aux babtous du marché pour lui acheter une petite sœur, un petit frère, des jumelles voire des sextuplés, ce qui ne sera pas de la tarte car ces gens vont partir en vacances. Seigneur, prends pitié de nous ! Pourquoi étais-je d'une bonne humeur à leur donner 10 euros ? Cerises trop chères, pommes bon marché. J'ai acheté le poulet du dimanche à des Chinois, j'ai regretté de ne pas avoir pris sa paella à la marchande mélancolique qui porte six bagues à chaque main. Puis, comme chaque fois, m'ont alpagué les militants du parti ouvrier qui se lamentent de ce qu'on parle moins d'eux que de leurs concurrents du NPA. Pitié ! Exactement comme la semaine dernière ! Cette fois-ci j'ai accéléré le pas, car LES VACANCES VONT ARRIVER ! Je vais laisser sécher toutes seules les chaussettes de la fine équipe du Château des Rentiers et faire faux bond aux buveurs de Bavaria pendant quinze jours ou trois semaines, le temps de les regretter, car en fait j'aime les gens du Château des Rentiers, même pendant les vacances.

*

De mi-juillet à la pluie du 15 août on aurait dit que tout le monde déménageait autour de nous. Montagnes de cartons devant le foyer des travailleurs migrants sur le boulevard des Maréchaux. Le soir, des gens en ramassaient pour préparer leur départ. À la cité Masséna rouge, en face de chez moi, un jeune couple est arrivé. Était-ce la crémaillère qu'ils ont fêtée ainsi ? Ce soir-là elle avait allumé partout dans son appartement des bougies colorées. En bas, sur leur trottoir, les Africaines en boubou qui mettent en commun leurs repas palabraient et riaient très fort sans savoir. 2 heures du matin, le 10 août à la porte d'Ivry. Les bougies n'étaient pas toutes éteintes quand je me suis levé. Elle en avait mis aussi sur le rebord de la fenêtre. Elle fait son ménage en chantant. Elle danse toute seule. Elle va courir le soir. Elle sourit à des gens qu'elle ne connaît pas, elle a l'air en villégiature à la porte d'Ivry. Toujours ces petites bougies dans l'appartement, vers le soir. J'espère que son bonheur va durer. Je regarde ses bougies sur le bord des fenêtres, tôt le matin.

Ici beaucoup de gens font de la récupération à plein temps. Les Asiatiques sont bien organisés, ils portent des gants en plastique et poussent des caddies du Géant Masséna. La plupart des autres gens utilisent une poussette avec des cabas ; une fois, dans une grande poussette de nourrice, un vrai bébé dormait au milieu des vieux trésors. Gitans de la porte d'Ivry. Un peu plus rejetés qu'avant. Devant le foyer africain, des flics ont décidé d'interdire le maïs que les Maliens vendent pour presque rien, avec un entrain un peu plus excessif qu'avant, ou est-ce que je me trompe ? Dégage ton bordel, je veux plus te voir quand je reviens ! La policière chargée de les avertir, assez grossière au demeurant, était épaulée par deux musculeux crétins dans sa mission sécuritaire : interdire la vente de maïs grillé car elle menace Paris, la France, l'Occident ! Avec mon voisin russe nous avons suggéré à la policière de désobéir, mais bon, son légendaire charme slave n'a pas fonctionné ce coup-ci, nous avons vite trouvé refuge au café Pourpre, entre bavards bons à rien. Un Sri-Lankais avec deux étalages, un de chaque côté du boulevard Masséna, s'est employé tout l'été à courir de l'un à l'autre, il tenait à lui seul les deux stands (son cousin est malade). Dégage de là ton truc, je veux plus le voir quand je reviens ! Retourner le carton, rentrer les fruits dedans, foncer vers le métro. Puis, quand la voie est libre, rouvrir le carton, ressortir les fruits, attendre le client qui vient, ou pas. Juste un peu plus qu'avant, on dirait. Pourquoi ? Il vend des ananas, des melons et des mangues. Les mangues sont assez bonnes, mais pas les ananas. Les melons sont moyens.

Au coin de la rue Nationale et de l'avenue d'Ivry, un homme s'est installé sur une portion de trottoir vide. Il est resté là près d'un mois. Chaque jour il rapportait des choses nouvelles. Sur un carton posé contre le mur aveugle, il avait écrit : ces affaires appartiennent à Michel Romanet, SDF, sans profession. Il écrivait chaque jour la date, puis la rayait. Elles gagnaient du terrain sur son trottoir, les dates de cet été. Des cartons, un réchaud, deux caddies pleins, des meubles, des couvertures, des couettes, et par-dessus les couettes, il avait installé trois grands parapluies ouverts (on a eu un été à oublier ses parapluies). Sacré Michel Romanet. Personne ne touchait à ses possessions sur son triangle d'asphalte. Il a pourtant disparu mi-août, corps et biens. Une seule chaise est restée, vide, au point de jonction de la rue Nationale et de l'avenue d'Ivry, devant le terminus du tramway. Elle a encore tenu plusieurs journées sans personne pour la prendre. À cet endroit on est vraiment au beau milieu de quelque chose, mais de quoi exactement ? Puis, elle a disparu aussi. Un été.

Ils ont agrandi l'Arche d'avenirs, c'est un centre d'accueil où le monde entier semble faire la queue. Le matin, après le café, les hébergés traversent la rue pour papoter en multilingue dans le square Ulysse-Trélat (médecin aliéniste à la Salpêtrière), dormir encore un peu et retenter leur chance quelques heures plus tard : une nuit dans un lit propre quelque part. En remontant l'avenue, chaque matin, l'entreprise Ceragem, au pied d'une tour où deux ou trois cents Africains font plusieurs heures de queue. Ils patientent, ressortent avec des colis, ou sur un petit papier, les coordonnées d'un endroit où s'embaucher. Ils bavardent et ils rient. On dépasse Hyper Asiat Gel et, juste après la rue du Disque, avant le magasin des frères Tang, on avance sans oser aborder le bonze qui regarde aujourd'hui la pluie, hier le temps instable, et encore avant le soleil, avec son petit tambour, sa longue écharpe orange et aucun mot. On part à la rencontre de ces gens, on gamberge sous les sophoras qui ont jauni tout le quartier, on pourrait peut-être retrouver Michel Romanet ?

*

Sur la page d'accueil de mon ordinateur ma femme a mis la photo d'un glacier situé au-dessus de Saint-Gervais et des Contamines-Montjoie, tout au sommet. Le ciel est saturé de bleu, on aperçoit les plaques de glace, on devine des crevasses et, sur l'autre versant, les arêtes noires du rocher. Un petit toit du monde. Ça me fait bizarre de le voir presque chaque matin, car nous vivons vraiment très loin de cet endroit à la porte d'Ivry. Mon vieux glacier. Tôt le matin j'ouvre les e-mails pour avoir de bonnes nouvelles, lui et moi on se dit bonjour, parfois il me parle un peu. D'ailleurs, les nouvelles ne sont pas toutes excellentes et vous laissent parfois sans voix. Arrivés vers la cinquantaine plusieurs amis commencent à séjourner trop longtemps dans des hôpitaux, ou bien leurs parents meurent, des gens proches. Le grand glacier m'attend aussi, je le sais bien. Il représente pour moi mon enfance à la montagne et ma dernière semaine d'août (il y a déjà un mois), les balades qu'on a faites autour, les sentiers sous le soleil, sous la pluie, les cascades.

Ici même les abeilles perdent le nord ! À la fête des vendanges de la rue un apiculteur retraité qui a ses ruches sur son balcon rue Nationale est agacé par les antennes des téléphones portables. Les abeilles ne retrouvent pas les ruches, elles tournicotent de-ci de-là et finissent par crever à cause de tous nos coups de fil qui les désorientent. Le miel de Paris est très bon, on a plusieurs sortes de fleurs, et d'après l'apiculteur, il est aussi pur qu'ailleurs, sinon plus, car les ouvrières canneraient aussitôt si elles transportaient des pollens pollués. Ce jour-là, victime de son bon cœur, sa femme, retraitée elle aussi, a vendu à des gens du pain d'épices pour pas cher, mais ils en ont profité pour lui piquer l'enveloppe avec l'argent du miel. Dans ma tête, la nuit suivante, j'ai mis le grand glacier avec des ruches pas loin dessous, et quand je me suis réveillé, j'ai eu l'impression d'avoir visité en rêve un coin secret du paradis.

Je n'ai rien acheté au décrochez-moi-ça de la fête des vendanges. Rue Marcel-Duchamp, du côté des ateliers d'artistes, sous les sophoras qui frissonnent, une dame regardait son ficus, une assez vieille dame, un assez vieux ficus : espèce de salaud, elle lui a dit. Je l'ai observée pour en avoir le cœur net, elle s'était baissée vers la plante pour lui arracher les feuilles mortes, lui donner les premiers soins, ou les derniers, le refaire beau. Il m'a déjà fait ça l'année dernière. Ah bon ? Oui. Elle avait un sourire flou. Mais je l'ai à l'œil. Je ne vais pas le laisser tomber. Je ne veux pas qu'il me quitte, lui aussi. Ben… j'ai bredouillé. Ce serait dommage en effet, euh… bonne journée ! J'étais pressé de m'en aller. Le soir, j'ai essayé de rajouter la dame et son ficus aux ruches des retraités de la rue Nationale au-dessous du vieux glacier, mais ça n'a pas marché. Où sommes-nous, la plupart du temps ? Ici ? Ailleurs qu'ici ? Ou bien là-bas ? Le nez sur le glacier de la page d'accueil de l'ordi, pour le moment.

J'aime tellement le mois de septembre ! J'aime sentir dans la chaleur les premiers signes d'après, on en profite un peu pour se rappeler l'été déjà fini, ce n'est pas loin, c'est tout proche, comme on l'est d'un endroit où on ne va pas souvent, mais qu'on n'a jamais quitté tout à fait. Au bout d'un certain nombre d'années, nous ne vivons plus nulle part exactement. Pourtant porte d'Ivry, tout a recommencé de plus belle. Ils ont accéléré les travaux pour construire le tramway sur le boulevard des Maréchaux, ils ont transporté des gros morceaux de pont qui pèsent des tonnes sur des camions géants, de nuit. Nous sommes plusieurs centaines de passagers du PC2 à nous demander comment ce sera par ici. Ici ne ressemble plus à rien, en attendant. Et puis les gosses des voisins qui grandissent, et, en bas, un type mains dans les poches attend en regardant la boîte à lettres où son nom n'est plus écrit depuis l'été. Il est devenu un de ces hommes qui se garent en double file, et quand leurs enfants descendent les escaliers, leur sourire a toute une histoire à leur dire, une autre à ne pas raconter. Ensuite, c'est dimanche soir. Les engueulades dans les étages, et, *in the dead of night* (comment bien dire ça en français ?), un petit rire d'amants, au quatrième étage je crois. Parfois, elle crie.

*

Ma sœur m'a appelé, des États-Unis, elle voulait savoir comment c'était, les manifestations. Le Président n'est pas trop bien considéré là-bas, où on se moque pas mal des Français : elle voulait savoir si c'était mérité. Et les gitans, qu'est-ce qu'ils font aux gitans, ils sont partis ? Bouge pas je vais voir, hihihi. Nous avons passé notre enfance en face d'un campement au bout d'un chemin de terre, elle et moi. Petite elle rêvait d'aller en pèlerinage aux Saintes-Maries-de-la-Mer, histoire de devenir gitane en adoption plénière et d'être vraiment de nulle part. Non, il y en a encore quelques-uns. Ils font quoi ? Comme d'habitude, ils trient les poubelles, ils mendient, ils font tomber des bagues par terre, tu te souviens ? Ah oui, je me souviens. Elle a toujours voulu croire à l'or des grosses bagues des gitans. Ils en jetaient déjà par terre en 1970, ou par là, quand nous étions vraiment petits. Mais elle avait du vague à l'âme ce samedi-là. Alors en fait c'est comme ici ? Elle a encore rêvassé. C'est pas marrant. Il y a bientôt des élections, non ? Tu sais qui va gagner ? *How should I know, baby ?* Elle ne sait pas si elle va venir en décembre. Ça fait bientôt trente ans qu'elle est partie. Nous mangerions chinois dans mon quartier, et puis ensemble nous irions regarder les vitrines du Printemps et des Galeries Lafayette où nous nous baladions, adolescents – tous ces trucs, qu'est-ce qu'on aimerait bien acheter ? Regarder les décorations de Noël comme on en verra toujours, jusqu'à la fin des temps, quand on aura même oublié la réforme des retraites et ce tout petit Président qu'on a pour le moment. Elle fait partie de ces femmes en robes à fleurs qui dans les villes américaines s'allongeaient sur Main Street pour protester contre l'invasion de l'Irak. Là-bas dans ces cas-là, les gens attendent patiemment dans leur voiture qu'on leur dégage la route en écoutant la radio, en parlant au téléphone ou en se demandant peut-être, pour certains, pourquoi ne pas les écraser en fin de compte, oui, pourquoi pas ? Un autre coup de fil d'amis en Corée. C'est vrai que les Roms, les manifs ?… Un coup de fil d'Algérie. Oui cousin, c'est ça oui, le mépris. D'un copain d'Allemagne. Cette fois-ci il était assez content car je ne lui ai pas parlé avec l'accent de *La Grande Vadrouille* comme j'ai honte d'aimer le faire : les brutalités policières ne s'y prêtent pas.

On n'a pas vu autant de défilés à Paris depuis longtemps. Manifs place de la Bastille, place de la République, place de la Nation. Place d'Italie, place Denfert-Rochereau. Rendez-vous devant Darty, devant la statue à la branche de laurier, devant la Grisette du Faubourg. On se boit un café, on se retrouve, oui, où ça ? *On n'est pas fatigués, on n'est pas fatigués !* On marche, on est de plus en plus nombreux mais on en a plein les rotules et puis vers 18 heures on se disperse. À hauteur des Filles du Calvaire j'ai croisé d'anciens collègues du lycée de Bondy sous leur nouvelle bannière mauve ou framboise écrasée. Ce qu'ils avaient pu vieillir ! Je me suis caché dans la foule pour ne pas leur faire de la peine à mon tour. Ils n'avaient pourtant pas l'air de s'en rendre compte. Dire que nous nous croiserons encore quand on aura 67 ans ! Fantômes en lutte, défilons ! Cette dernière manif-là, je n'ai pas eu le courage de la terminer. J'ai fait demi-tour du côté de Port-Royal, dans des rues vides bordées de beaux immeubles où les gens travaillent surtout parce qu'ils ont envie, car avant eux d'autres gens ont beaucoup gagné d'argent à leur place, et ça leur va comme ça : allez, elle est pas belle la vie ? Le soleil en face était doux, on doit presque fermer les yeux et quand on avance, il s'amuse à dessiner sur les trottoirs bien propres. Ce sont des dessins différents à chaque pas. Des nourrices poussent des chérubins, des types en costume clair et des femmes en tailleur. Nous avions tous le même sourire cet après-midi-là, dans ces rues tranquilles qui disent : il ne s'est rien passé à Paris. J'ai dû marcher longtemps pour me calmer.

Le soleil au-dessus des immeubles de la porte Dorée, le ciel plus bleu que bleu, comme un ciel d'hiver avant l'heure. Les palmiers de la place, près de l'ancien musée des Colonies. Dans le bassin des crocodiles, nous jetions des pièces de monnaie avec mes fils, et nous faisions des vœux. Le boulevard des Maréchaux est complètement ravagé par le chantier. Les travaux commencent à 7 heures. Des vitres du PC les gens regardent les machines pour aplanir, et celles pour écraser, les amas de ferraille. Quand je suis arrivé chez moi, des gens couraient pour attraper le tramway. Au pied d'Ancône un policier emmerdait des Roumains, il a écrasé sous son pied un portable caché sous des habits par terre. Des gosses riaient en le regardant faire, d'autres personnes rentraient du défilé en se disant peut-être qu'il leur faudrait sans doute ressortir, et qu'un jour, ce ne serait peut-être pas pour acheter le pain.

*

Dans le PC une jolie femme dort tous les matins la tête contre la vitre jusqu'à la porte de Charenton. Il est sept heures vingt, il fait nuit. Certains matins elle donne envie aux voyageurs de dormir à côté d'elle, chacun dans sa bulle. Ses cheveux roux et blonds mélangés ; ses grands yeux clairs. À cause de la neige elle tient la rampe pour descendre dans la station du métro. Pourquoi les plus jolies femmes du PC2 qui empruntent ici la ligne 8 vont-elles toujours vers Créteil plutôt que vers Paris ? Deux ou trois fois, je me suis surpris à guetter cette femme qui me dit quelque chose de la vie, en général : le matin nous avons tous la tête de travers mais elle non. C'est vrai que la vie est un songe, le matin dans le PC2. Juste avant de descendre j'ai compté vingt-sept TGV garés côte à côte dans le centre technique Paris-Sud. Cette femme qui sourit, son pas dansant sur la ligne 8. Elle me fait penser à la comédienne Liza Minnelli, mais la Liza des années 60 ferait sans doute un numéro de claquettes dans le bus PC2 ou dans la neige merdique de ces jours-ci.

La Seine est sale en ce moment. La neige n'a rien arrangé. Elle est devenue ocre, toute gonflée. Quelques barges, des péniches. Elle est bien abîmée cet hiver, mais il ne lui faudra que quelques mois pour reprendre ses jolies couleurs grises, noires et d'arc-en-ciel avec l'huile et le mazout. Il fait froid et on n'a pas l'impression d'avoir démérité, cette année.

Depuis un demi-siècle que je traîne la savate j'en suis encore à attendre la neige définitive grâce à laquelle les martiens, ou je ne sais qui, atterriront et referont tout le boulot, tout beau tout neuf, et immortel. Parfois, après avoir débarrassé la table, ma grand-mère posait ses additions pour savoir combien de jours elle avait vécus. Nous n'avons jamais réussi à trouver le nombre exact à cause des années bissextiles. Un jour je demanderai son âge à cette femme quand elle aura les yeux vraiment fermés, pour éviter le trop-plein de réalité, des fois qu'elle prenne mal ma question. A-t-elle 20 ans, 100 ou 1 000 ans ? Quand ils auront mis en marche le tramway, que feront-ils des vieux PC, des sans-famille et des gens tête contre la vitre comme pour l'éternité ?

Même fauchés, les gens sont si agglutinés sur les trottoirs rue de Rivoli que je n'ai pas encore réussi à entrer dans les magasins. Les soldes de janvier font bien la paire avec les gueules de bois. Nous sommes plusieurs millions paraît-il à ne pas trop aimer Noël et les fêtes de fin d'année, mais peut-être qu'en se retrouvant tous ensemble on s'amuserait quand même bien ? Hier j'ai fait une nouvelle tentative, mais cette fois-ci j'ai été refoulé dès la station des Halles. Le type qui joue à la guitare « Besame mucho » était là. Dans le Forum des Halles, un petit garçon braillait à l'entrée de la Fnac. Je ne veux pas de cadeaux de Noël, je ne veux pas de cadeaux de Noël, je veux rentrer chez moi ! Ses parents l'ont regardé, médusés. Les vigiles ont cessé de fouiller les sacs à main. Les escalators vers la sortie se sont bloqués tout seuls. Les cartes bleues sont devenues des as de cœur, des reines de pique, les chèques en bois des valets de carreau. Alors nous nous sommes tous mis à dormir ensemble comme dans le plus grand bus PC de la planète Terre. Il y a eu un merveilleux silence, trente secondes de merveilleux silence. Et, en tendant l'oreille, le bruit de la neige en haut : cinquante ans que j'attendais ça !

*

On a eu quelques jours de répit dans le mauvais temps, juste assez pour se rendre compte que ça avait assez duré. La Seine a un peu débordé et si elle continue elle pourrait devenir un autre fleuve, un genre de vieux Mississippi ou un Danube en crise… On ne peut plus longer les quais. Dimanche dernier les gens étaient nombreux à boire des cafés en terrasse. Près de la gare de l'Est ils promenaient leurs gosses, souriants par-derrière leurs lunettes de soleil. Dans le square à côté de Saint-Laurent les SDF avaient enlevé leurs vêtements. Des types d'Europe de l'Est faisaient la sieste torse nu. On avait tous l'envie de fêter quelque chose : la fin de l'hiver en avant-première, le début du printemps ? Le bord du canal Saint-Martin est piétonnier le dimanche, les gens visitent les boutiques de jeunes créateurs, ou fument une cigarette assis sur la berge. On peut aussi seulement regarder monter ou descendre l'eau dans les écluses. J'habitais là, en 1983. Cette année-là le canal avait gelé et chaque matin des Roumaines en habits à imprimés fleuris cassaient la glace pour y prendre de l'eau. Je ne l'ai jamais oublié. Je n'ai jamais compris pourquoi. Donc jamais oublié. On marche, place de la République on tourne, on veut profiter au maximum du petit soleil frêle qu'on a, et si on n'y prend pas garde on se retrouve vite fait à Strasbourg-Saint-Denis.

Devant le Gibert pour les livres d'occasion, une vingtaine de Chinoises attendaient les clients, qui visiblement n'arrivaient pas. J'en ai reconnu certaines car je les croise parfois le soir ligne 7, elles habitent à la porte d'Ivry. Elles se déplacent en bande. Un petit sac plastique. Une petite bouteille d'eau. Rien de spécial. Mon parrain m'emmenait manger dans ce quartier près de « chez les demoiselles » et il m'avait dit de ne jamais « faire le julot », que ça tue le respect de soi, en vrai. Il était relieur de beaux livres et comme tout Breton qui se respecte il n'aimait qu'à moitié la mer, il préférait la voir de loin, par exemple à travers la vitre d'un comptoir de la rue Saint-Denis. Je n'ai pas retrouvé le restaurant où il m'emmenait. Ils ont pavé les rues adjacentes, les sex-shops sont remplacés par des agences immobilières, des opticiens, des prothésistes et des agences bancaires. Le sourire de mon parrain était beaucoup plus réel en fait que toutes ces boutiques d'aujourd'hui, en tout cas ce dimanche-là. Même les Roumaines qui sortaient (d'où ?) briser la glace du canal Saint-Martin pour puiser l'eau, en 1983. Les choses de sous nos yeux n'existent pas, de temps en temps. Aux Halles des policiers surveillent la foule des jeunes qui arrivent par le RER. J'ai vite rebroussé chemin : ça rêvait mal par là-bas. Un type se masturbait frénétiquement à la fontaine des Innocents sans que personne n'y prête la moindre attention. Le soleil baissait et je suis rentré au Château des Rentiers. Parfois, on ne voit rien du tout en marchant dans Paris, on trimballe ses images avec soi, le cinéma se met en marche sans vous demander votre avis.

Avec Raouda, Leila, Kamel et Pascal nous nous sommes retrouvés à la manif des Tunisiens pour fêter la révolution du « Jasmin ». C'est pour faire comme révolution des Œillets je suppose mais c'est peut-être un peu vite dit ? Les gens faisaient plaisir à voir. Raouda et sa sœur en avaient marre de traduire pour moi. J'ai aperçu mon fils dans le cortège des anarchistes, ses copains et lui n'ont pas arrêté de s'engueuler avec les gens qui ne voulaient pas de gauchistes dans leurs rangs, surtout qu'ils n'étaient même pas tunisiens ! Mon fils et ses copains étaient dégoûtés. Ils ont changé de manifestation tellement les Tunisiens étaient bornés ! Il a 15 ans mon anarchiste. À hauteur de la rue de Turbigo, le cinéma a repris dans ma tête : le plongeon du maître nageur qui l'a sauvé de la noyade à l'hôtel de Sidi Bou Saïd, il devait avoir quatre ans. Le chauffeur de taxi qui nous guettait, ma femme et moi, pas pour qu'on lui paie une autre course, mais parce qu'il en avait si lourd sur le cœur, de sa vie, de toutes les humiliations, qu'il avait besoin de nous raconter et que ses paroles aillent se perdre dans les rues de Paris. Plus tôt, l'hôtel où j'ai travaillé à Carthage, moi coq en pâte, thé à la menthe et pétards à gogo, les employés tunisiens à quatre dans des pièces insalubres au sous-sol.

La plus belle tour du monde ! Hier je suis allé voir Ancône en sortant du métro porte d'Ivry. Les boîtes à lettres, les fenêtres toutes allumées vers le nord. On voit des différences entre les appartements. Lumières bleues, lumières blanches ou tamisées, et, sur les vitres, dessins d'enfants, pochoirs ou caractères chinois. En bas, des petits mecs se roulaient des joints à l'abri et devisaient avec leur sagesse de cité des embrouilles du quartier. J'ai pris l'ascenseur, un très grand ascenseur comme dans les comédies américaines des amours de bureau. Sauf qu'ici, il n'y a pas de bureaux. J'étais content d'être là-haut, je me sentais vraiment chez moi. Mais bon, ça caillait de nouveau, et j'avais comme toujours des copies en retard. Je suis rentré chez moi.

*

Avec mon copain Gil, des antennes ont dû nous pousser quand nous étions voisins de table et de lit au lycée des Maristes, à quatorze ans. Ça fait une petite éternité que l'un appelle lorsque l'autre pense à le faire et la dernière fois, nous étions synchrones à la minute près ! J'avais bien raison de m'inquiéter. Dans sa cambrousse du Sud-Ouest le dernier jour de son contrat de travail à durée déterminée, il a glissé à 8 heures 30 précises sur une plaque de verglas. Sa voiture a fait trois tonneaux, et il n'arrive pas à comprendre comment il a atterri indemne dans le champ en contrebas. La route bien droite. Le soleil. Une seule plaque de verglas. Le dernier jour du CDD ! Ben t'aurais dû sécher le dernier jour, je lui ai fait remarquer. Mais non, Dominique, t'es ouf ou quoi ? On peut jamais sécher le dernier jour ! Ah oui, t'as raison, on peut pas. Il n'en est pas revenu de s'en être sorti sans une égratignure, ç'aurait dû être son dernier jour. Doit-il s'en inquiéter ou au contraire se réjouir ? Et puis, bien sûr, il n'a plus de boulot. Mais bon, c'est pas la Libye hein, il m'a dit (!). Non mais putain t'as vu là-bas ? Oui, j'ai vu. On va encore réfléchir chacun de son côté au sens caché que ces accidents sans dernier jour peuvent avoir. Parfois, on aurait vraiment besoin de quelqu'un pour vous expliquer ces choses-là.

Gil fait des tableaux, il fabrique des œuvres d'art avec

des trucs de recyclage, des objets en bout de course et peut-être, aujourd'hui, les morceaux d'une voiture toute ratatinée. Il donne une seconde vie aux choses. On a toujours besoin d'une seconde vie. Lui, pour la suite ? Bah… Il verra plus tard. Avant de raccrocher, il m'engueule encore un peu parce que je ne vais jamais le voir dans sa campagne reculée, plus loin que tout de la porte d'Ivry, là où il va devoir vivre quelque temps sans voiture (il a plié sa moto l'année d'avant).

Pourquoi me suis-je encore retrouvé à Notre-Dame-de-Chine ? Dieu a une super cote chez les chrétiens d'Asie ou africains dans mon quartier. Les gens de l'Est sont toujours enthousiastes, car Il va ressusciter ! On a aussi les témoins de Jéhovah et une mosquée très fréquentée au sous-sol du foyer des travailleurs migrants sur le boulevard des Maréchaux. Je suis arrivé vers la fin de l'office quand Dieu est vivant. Après la messe les gens sont restés boire un thé dans un coin de la nef, les enfants nous ont offert des fraises Tagada. Je n'ai pas voulu m'attarder : je n'avais même pas prié pour mon copain Gil, ni pour le petit garçon que je connais et a enfin reçu sa greffe du foie, ni pour ma copine Anita qui se traîne le même cancer depuis bientôt cinq ans. J'ai consulté ce genre de livre d'or à l'entrée, où les gens écrivent un message à Dieu. J'ai vu des messages dans des langues que j'ignore, des africaines, des asiatiques, pour des malades à guérir, et des remerciements pour le bonheur, la liberté, pour Patrice, pour Soraya, pour Ahmad et Frédérique. J'aurais pu ajouter les prénoms de Gil, d'Anita, et celui du petit garçon ? J'en aurais eu trop à écrire en fait, et pas que des remerciements. Je suis ressorti seul avec ma fraise Tagada. En vrai je ne sais plus faire de prières. J'ai marché sans but vers le boulevard Masséna, dans les confettis des défilés du nouvel an chinois. Temps bien pourri, boucan de pétards et souhaits de prospérité, santé, chance au jeu et en amour, patati boum et youplala.

Bergame est une des tours de l'avenue de Choisy. Je ne sais pas pourquoi c'est celle que je préfère. Ça bourdonne fort alentour et quand on rentre, elle coupe soudain le son. Elle est très calme à l'intérieur, comme un gros bateau à quai, ou un vieil animal dont le cœur bat toujours. On entend le bruit du vent en tendant l'oreille dans les cages d'escalier. M. Kim habite dans un studio du dix-septième étage. À regarder vers l'extérieur on a parfois l'impression que le vent va gagner la partie, mais ce haut bâtiment peut remuer imperceptiblement, tout restera en place par ici. Les gens ont beaucoup de chance de vivre dans cette tour où tout le monde est très gentil, m'a expliqué M. Kim. Je me suis demandé son âge. Bien sûr, les charges sont trop élevées, et on connaît peu ses voisins. Il faut peut-être trois ans pour bien connaître un voisin qui resterait trois ans en ayant le même souhait, selon lui. M. Kim connaît les Cambodgiens des trente étages. Il est arrivé en bateau, personne ne peut savoir ce que c'est bien de vivre ici pour un Cambodgien qui a connu le régime khmer. Puis il m'a congédié. Sa famille lui rendait visite, il devait préparer le repas, il ne les voyait pas souvent. Je suis resté un long moment dans le couloir. On est au cœur de quelque chose, en haut, près du studio de M. Kim. Nulle part et partout à la fois. En rentrant par la halle Carpentier, sur un bâtiment EDF, une grande Mary Poppins peinte en noir et blanc avait son parapluie en torche à cause du vent. Je nous ai regardés, nous marchons tous vraiment dans le même sens, dans ce grand vent. Il m'a poussé jusqu'à mon terminus rue du Château des Rentiers, comme à chaque fois, évidemment.

*

Parfois on voudrait seulement se rappeler les jolies choses, comme si on ne cessait d'être entre la vie et la mort, le seul vrai plaisir serait d'ouvrir les yeux dans le mi-sommeil, la vie dans les songes. Se rappeler Yuki, Sonomi, les jolis paquets-cadeaux des Japonaises qui font très beau d'un petit rien, et, au bout du compte, les années passent et on ne sait plus du tout ce qu'il y avait dans la boîte, car c'est la boîte qu'on a gardée. Par exemple l'encre et le pinceau que Kei m'avait offerts en 1983. Où les ai-je fourrés ? J'avais envie de le tenir dans la main, ce pinceau, après trop d'heures passées à regarder les mi-mensonges et les moitiés de vérité sur la chaîne NHK. Yoshiaki apprenait la cuisine, Yuki la pâtisserie. Ils cuisinaient très vite, leurs gestes simples et précis pour faire des jolies fleurs en carotte, des bonhommes en haricots. Kazuko étudiait la couture à l'Esmod et elle était bien déjantée, cigarettes et whisky, ronde des petits copains, mais elle se sentait tellement vieille puisqu'elle avait déjà 27 ans ! J'ai oublié le nom de celui qui voyageait depuis cinq ans et dans sa chambre de bonne laissait dérouler ses cassettes de musique pour faire croire aux voisins qu'il était toujours là. Nico très amoureux me ravitaillait en lectures de tout ce qu'il trouvait en traductions du japonais. J'ai découvert grâce à lui Osamu Dazai, je n'ai jamais été partant pour les « *love suicides* » à répétition, mais il reste mon préféré. Yasunari

Kawabata. Mishima, Sei Shōnagon, Kenzaburō Ōe et tant d'autres histoires aimées.

Tard dans la nuit, j'ai rêvé à une grande vague dans la rue du Château des Rentiers. Je ne suis sans doute pas le seul à l'avoir vue. Les mômes dans mon bahut voulaient savoir combien elle mesurait. 3 mètres, 10 mètres, 20 mètres en ses plus hauts endroits ? Je n'en sais rien, ils avaient vraiment besoin de savoir. Ils étaient déçus : un prof qui ne sait pas ça ? C'était une folie de vague en tout cas, une vague comme il en existe donc mais comme ça ne devrait pas. Beaucoup de gens ici ont déliré les jours d'après. Où accueillir les Japonais ? J'ai entendu une femme dire qu'elle avait fait des plans d'aménagement dans sa tête toute la nuit. J'ai entendu les mêmes choses dans le métro, ligne 7. On a de la place chez nous, en France, dans les cambrousses ! Le type qui disait ça parlait avec l'accent marseillais. Il s'adressait à un grand Malien triste sans avis sur la question, sinon peut-être son regard de grand Malien triste. De la place chez nous, vraiment ? Au collège les enfants de sixième et cinquième ont inventé le « jeu du liquidateur ». Ils tapent sur la tête du même gosse plus ou moins désigné volontaire et à la fin, il faut lui dire merci et lui serrer la main, car il leur a sauvé la vie. Il y a encore de la neige en ce moment, à Tokyo. Ici nous sommes bien à l'abri, au printemps. Combien d'énormes vagues encore dans cette vie ? Combien de tremblements de terre à répétition ? Je regarde les images de la chaîne NHK et je ne vois rien. Je ne me souviens que des prénoms, des gestes gais et doux des filles d'avant, j'ai perdu leurs adresses, ce que ça peut être loin. *Woman, do not turn your back on me !* De cet avant je crois sentir encore un baiser plus doux et précis qu'une première vraie journée de printemps, le matin. Les badges Atom Kraft Nein Danke accrochés à nos sacs de 1978 ou alors 80 ? Faut-il les ressortir aussi ?

Nettoyage de printemps : depuis une année je ne suis plus allé chez aucune vieille dame pour faire les carreaux et les courses en bavardant de tout et de rien. Pourquoi les choses les plus bêtes de la vie sont souvent celles qui manquent le plus en fait ? En me baladant ce week-end, je suis tombé devant les bacs d'un soldeur en face de la gare d'Austerlitz : des tas de livres de poche, les Motifs du Serpent à plumes, les Anatolia du Rocher ! Ça m'a fait drôle de voir en tas tous ces auteurs vivants sauvés pour quelque temps du pilon. Le nettoyage par le vide : ma grand-mère et ma mère faisaient ça. Ma mère relisait tous les papiers qu'elle allait jeter ensuite, déchiquetés en petits morceaux car elle croyait toujours qu'on l'espionnait. En général la fenêtre était ouverte et ce jour-là, il faisait beau. Puis, le linge de nuit découpé en chiffons à poussière. Les armoires jamais vides en vrai. Tout était propre. La vie durera longtemps. Ils travaillent tôt sur le boulevard des Maréchaux. Les constructions du tramway avancent bien plus rapidement.

Des petits rigolos ajoutent leur touche finale sur les derniers murs qui tiennent avant leur complète disparition. *Après Moubarak, Karaboum !* Étais-je si mal réveillé que je n'ai compris ça que le jour suivant ? *Allez hop vive les vacances : tout le monde en prison !* Des tagueurs s'amusent encore où ça va bientôt disparaître. Un type sur une cheminée, de 2 mètres de haut, avec les cheveux rares et la tête dépressive. À côté de la dernière maison en brique debout dans les gravats. Devant, l'école d'archi toute neuve-brillante. Les labos de la Fnac. Du côté de la Poterne des Peupliers, ils ont planté des jonquilles sur le gazon du tramway. Personne n'a songé à les piquer. J'ai trouvé ça bizarre, mais j'étais vraiment trop pressé.

*

Porte d'Ivry on est en pleine saison des allergies et les gens pleurent dans les rues. Entre voisins on se consulte sur les remèdes efficaces, on a une vraie épidémie à cause du beau temps, des plantes grimpantes et des vieux marronniers au bord de l'ancienne voie ferrée. Avec le soleil le gardien quitte plus souvent sa loge ; assis sur le muret devant, il fume avec un air songeur et parle à tous les gens du coin. Les enfants connaissent tous Patrick. Il a des souvenirs de neige en Auvergne, il vit ici depuis longtemps. Personne ne rêverait de passer sa vie ici, chez les Rentiers. J'ignorais qu'on nous appelait comme ça avant de croiser une bande de gosses qui s'ennuyaient ferme le long de l'ancienne voie ferrée. Ils venaient de Bibli. Ils attendaient les Rentiers. Ils avaient des comptes à régler avec les Rentiers. Thierry a haussé les épaules en les regardant, leurs pères voulaient déjà se faire la peau. La rumeur circule d'ailleurs d'une tête décapitée dans les parages il y a quelques années. C'est quand même pas à moi de régler leurs problèmes ! Je vais appeler les condés. Plus tard, le policier venu parlementer avait les yeux très rouges et une mine congestionnée. Grave allergie aux graminées, capitaine ? Affirmatif. Circulez.

C'est vraiment agréable de s'allonger parc de Choisy, en

remontant vers la place d'Italie. On peut faire du ping-pong sur des tables en béton, en famille. Les jeunes gens se retrouvent là depuis toujours, qui habitent les cités du côté de Nationale. Les Asiatiques viennent souvent, des amoureux, et parfois des propriétaires de boutiques rasés de près, qui travaillent le portable à la main, assis sur les bancs. Du coup on a moins honte de n'avoir aucune envie de se rendre utile à la société, car enfin, pour eux non plus, c'est pas l'usine ! J'ai partagé avec mon voisin de banc un paquet de Kleenex. Si la vie me coinçait pour toujours aux Rentiers, irais-je m'habituer dans le parc de Choisy, où, qui sait, j'apprendrais peut-être une de ces gymnastiques tranquilles et reposantes qui y sont pratiquées par de pimpant(e)s octogénaires, du côté des marronniers en fleur à deux Zyrtec, ou au fond, devant l'immeuble Eastmann Kodak en brique rouge ? Oh pitié. Je me fais trop peur à rêvasser comme ça.

Avec Gilles j'ai vidé l'appartement d'une dame pas si vieille que ça mais victime depuis deux ans de la maladie de Diogène. Elle vivait en gardant tout dans son appartement bourgeois avec des moulures au plafond. Autour de son lit dans sa chambre, une sorte d'océan de détritus montait à l'assaut du matelas. Et dans les autres pièces aussi. Elle avait beaucoup lu, cette dame-là. Nous avons dû jeter quelques milliers de livres à la déchetterie et à un moment je n'ai pas pu résister et je suis rentré dans la merdasse pour en sortir une vieille édition de poche de Dylan Thomas (*An Aldine paperback !*), au risque d'être englouti dans la benne de la déchetterie. Pour travailler nous aspergions tout ce qu'on pouvait de parfum, déodorant et eau de Cologne, avec nos masques, mais bon.

Deux bennes à peu près remplies : une vie. Au fait, Diogène, dans quel état c'était autour de son tonneau ? Nous avons descendu des dizaines de sacs sur les trottoirs avant de les charger. Arrivée immédiate des chercheurs d'or. Remettez les saletés dans les sacs quand vous avez terminé, s'il vous plaît ! Nous nous sommes engueulé quand même un peu avec les Roms. J'étais surtout content d'avoir sauvé Dylan Thomas de la décharge toute dégoûtante de Gennevilliers.

Ils agrandissent l'ancienne usine Panhard-Levassor. L'intérieur a été transformé en immenses bureaux *open space*. Les grues poussent à côté de l'Arche d'Avenirs, qui pourrait être agrandie, elle aussi, si j'en juge par les files d'attente. Presque chaque jour, M. Kim vient regarder les travaux. Il fume une cigarette et il s'en va, satisfait comme s'il était propriétaire. Il a horreur des vieilleries. Pas loin se trouve le banc où les clochards se rassemblent. Vers le soir, les femmes discutent devant le mur couvert de petites annonces pour des emplois, des studios, des occasions diverses de s'en aller d'ici ou d'y prendre racine. Je n'ai jamais parlé au bonze à l'entrée de la rue du Javelot. Juste devant, là où les deux Chinoises peignent les prénoms en caractères chinois, une jeune femme probablement shootée à l'héroïne agrippe un sophora comme si elle volait dans le ciel, en pleine zone de turbulence. Son parachute ne s'ouvrira sans doute pas à temps. Personne n'a l'air de s'en soucier, c'est comme si elle n'existait pas. Sur le trottoir d'en face, une Roumaine chante avec une très belle voix qui vient du fond de sa gorge et effraie les enfants sortis du Géant Masséna, car elle n'a plus de nez. On s'habitue à tout en somme, chez les Rentiers. Dans la rue du Disque en sous-sol, des vieilles Chinoises papotent à l'entrée du tunnel comme si c'était la mer porte d'Ivry, et près du temple, les pépés boivent du thé vert en suivant les résultats des courses sur la télé posée à même le trottoir. L'encens qu'ils font brûler montait jusqu'au trottoir, dans le beau temps.

*

Ils ont cassé le tunnel au-dessus de la porte de Vitry. Bien sûr il ne servait plus à rien, les trains de la petite ceinture ne roulent plus depuis longtemps. Chaque matin je regarde nos sales têtes dans le bus PC2 pour trouver quelqu'un qui partagerait le même moche pressentiment, concernant le chemin de fer pour les trains qui ne passent plus. Mais bon, la faute à la fatigue, aux journaux gratuits, aux mots fléchés, personne ne paraît se soucier. Si je prends celui qui passe à 7 heures 21 je rencontre la jolie femme méchée en blond et roux qui marche comme sur une piste de danse. Maintenant sans le vouloir nous avons une sorte de code, le premier qui voit l'autre lui fait un grand sourire, et en général on en finit là. Une fois nous nous sommes retournés l'un vers l'autre dans le métro, et nous avons cherché la caméra par-dessus notre épaule. Nous attendions les ordres du metteur en scène, mais bon, il n'y avait pas de film dans cette caméra, en fait il n'y avait même pas de caméra, et dans le fond, pourquoi faudrait-il en faire un film ? Elle prend la direction de Créteil, moi l'opposée. On cherche toujours des yeux la femme d'à côté de sa vie, on ne sait même pas pourquoi. À qui peut-elle bien me faire penser, sinon à elle-même finalement ?

Détruire le pont de Vitry est une énorme erreur ! On nous construit des grands paquebots pleins d'argent et de sociétés anonymes, un peu comme le cancer de Sarkoland dans les Hauts-de-Seine. Un jour, à défaut d'y reconnaître quoi que ce soit, nous finirons par emprunter des trains qui n'existent plus qu'en rêve, et nous ne croiserons plus jamais une femme aux mèches rousses et blondes qui descend comme une Cendrillon du matin les marches du métro de la porte de Charenton.

Ce n'est pas étonnant que les gens parlent aux trottoirs. Une magnifique explication en anglais et chinois sur celui de la porte d'Ivry, entre la « vie prémortelle » et la « vie éternelle », on voyait en rouge et bleu le chemin du salut. Craies de couleur. C'était pas mal dessiné par les fidèles de l'Église des Premiers Saints des Derniers Jours, et légendé dans les deux langues. Avec le beau temps la fiche technique du sens de l'existence dans le quartier a tenu une journée entière. Le jour suivant, la zone du paradis était encore lisible. La compétition des saluts est féroce dans le coin de la porte d'Ivry. Les témoins de Jéhovah, les adventistes et les catholiques psalmodient tous dans le même coin. Des Greenpeace en habit vert tentent quand même de se faire remarquer, mais ils semblent moins aguerris. Comment pourra-t-on vivre quand on ne croira vraiment à rien ? Est-ce que ça nous sera interdit ? Les gens, sinon, cherchent le chemin plus simple du Best Western de la rue Regnault, un hôtel dont le H a disparu, en jaune, et, au café Pourpre, les touristes déplient leur plan pour visiter Paris. *Tell me the truth. It's another woman ? Tell me now… It's not you baby, it's the bridge ! Who the fuck cares anyway ? But I do care ! Don't you love me no more baby ?…* Mais si voyons, c'est pas toi ! C'est le pont de Vitry. Pourquoi ils m'ont cassé le pont de Vitry ? Oh, je vois…

Mon voisin le jardinier en a marre. Il faudrait déjà arroser !

Ses deux citernes sont pleines et il a une arrivée d'eau juste à côté de la grille du jardin. Mais au mois de mai, il trouve que c'est trop tôt. L'autre jour je le vois sortir d'Italie 2 avec une boîte à chaussures neuve et deux jours après, je le vois assis par terre, découragé, pieds nus, ses Adidas bleues toutes neuves à côté de lui. Elles le serrent trop, il fait chaud, ses roses ont piqué du nez. J'allais l'encourager quand j'ai vu ses orteils. Ils n'avaient pas l'air d'y croire, eux non plus. Du coup j'ai marmonné bonsoir à plus etc., je suis rentré chez moi comme un voleur. Ensuite, j'ai attendu la nuit. La nuit, j'ai attendu de prendre mon bus de 7 heures 21. Ensuite j'ai attendu le soir. Il avait tout bien arrosé.

*

Elle est immense la cordillère des Andes. Finalement elle n'existe pas que dans les leçons qui ennuient les enfants. Dans l'avion entre Buenos Aires et Santiago du Chili je me suis dit que la géographie valait bien la peine : dans ma vie j'aurai vu la cordillère ! Le mont Blanc ou les Alpes suisses sont bien plus petits et nerveux, la cordillère fera rêver les gens partout, toujours. J'ai été invité en Argentine et au Chili, où je n'aurais jamais imaginé aller. Je me suis baladé dans Buenos Aires où ça doit valoir la peine de se perdre un bon mois, ou un an. Je suis allé au cimetière de la Recolleta, sur la tombe d'une jeune femme de 20 ans, une amie de ma grande sœur enterrée là-bas, à la Recolleta. Je lui ai dit comme c'était beau au téléphone, ma sœur était contente. Dans leurs grandes avenues j'ai marché à m'en détacher les yeux, à force de regarder. Ils ont des librairies invraisemblables aussi, avec Pascal de Millepages et les autres nous les avons visitées. Et puis après l'avion par-dessus la cordillère, je suis arrivé à Santiago du Chili. J'ai rencontré des étudiants. Ils sourient. Oui, ils comprennent. Il se passe beaucoup de choses ici. Leur ville est un roman loin d'être terminé. J'aurais aimé les écouter longtemps. Je me suis retrouvé à Valparaiso, une des plus belles villes que j'aurai vues, des collines avec des maisons de partout, un grand port autrefois très riche mais un peu endormi depuis la construction du canal de Panamá. J'étais dans ce genre d'endroit où on se verrait bien vivre un ou deux ans incognito. Il faudrait que j'apprenne l'espagnol, si jamais. Elle est tout en couleur leur ville, c'est un peu les bobos latinos en bas et puis en haut, les gens qu'on ne voit pas dans les collines où on m'a conseillé de ne pas m'aventurer, à cause de la misère et de la drogue. La mer était plate et brillante, elle était aussi douce et impassible que la cordillère. Avec des amis qui ont passé pas mal de temps en France pour échapper à Pinochet, nous sommes allés manifester contre un barrage hydroélectrique en pleine Patagonie, non mais ça va pas la tête ? *Hydrohaisen no !* Ils voudraient plus d'argent pour les écoles et pour le système de santé, et le droit à l'avortement. (Ils se coltinent l'Opus Dei en plus de cette vieille CIA des potofs qui les embête depuis longtemps.) Elle était très gaie leur manif, des milliers de gens descendaient des collines, des femmes avec leurs petits mômes bien habillés. Nous sommes remontés un peu avant la fin sur une colline. Du restaurant en terrasse on avait vue panoramique sur des policiers qui se sont mis tout à coup à lancer les lacrymos, à tabasser des gens coincés dans les ruelles. Nous suivions la guéguerre en buvant nos piscos sour, nous attendions que ça se tasse. On voyait bien la mer, au fond, toute calme et pas intéressée par le Président Piñera, ses policiers excités et son barrage à la noix. Plus tard j'ai pris en photo les grands bateaux, les chemins de terre rouge, les maisons réhabilitées avec les grandes terrasses, les merveilleux dessins des murs… J'ai bien aimé les petits téléphériques pour remonter les courses au sommet des collines. Des inconnus se confient facilement, à l'étranger loin de chez eux. Il s'agit d'histoires d'amour pas faciles à raconter sauf à la cordillère des Andes (qui s'en tape) ou à l'océan (qui s'en fout). Chez moi j'ai montré les photos des peintures sur les murs de Valparaiso. La maison de Neruda. Les grands bateaux. Les monts pelés de très haut. Est-ce qu'on connaît mieux les gens si on ne les voit que quelques fois dans une vie ? Est-ce qu'on les invente mieux ? En somme de tout ceci on garde juste un avant-goût de la beauté du monde, et puis, peu à peu, on la reconnaît, ou bien on l'oublie. La cordillère des Andes, je vais y retourner un de ces jours exprès pour marcher dessus. Mes fils, j'aimerais vraiment qu'ils aillent voir ça.

La porte d'Ivry m'attendait, avec ses grues et puis ses ambulances. Partout il y a toujours des grues et des ambulances. Nous avons eu trop chaud en mai, depuis le début juin on a la pluie, chaque jour, nous serons bientôt en vacances. Les grands nuages. Ils ont posé les premiers rails du nouveau tronçon du tramway porte de Bagnolet. Les marronniers du boulevard. Les commissions d'appel interminables : misère ! C'est où Valparaiso ? Si je ferme les yeux, je vois la cordillère des Andes au bout du Château des Rentiers.

*

Cet été nous avons eu octobre et un bout de novembre en plus de nos congés, du coup les gens avaient un air bizarre. Au café Pourpre où la terrasse est bien abritée des intempéries la patronne intérimaire chantonnait souvent des tubes anciens, vers le soir, quand ça s'était levé et que nous allions boire une bière blanche. Au bout de la rue du Château des Rentiers, juste avant le 15 août, les ouvriers du tramway ont déroulé le gazon artificiel, un genre de moquette verte à poil ras. Des gens en ont piqué quelques mètres carrés sur les rails de la direction Porte de Vitry : pour décorer leur chambre ou leur salle de bains ? Ou alors le pourtour de leur caravane selon Patrick, le gardien de l'immeuble, pour faire style Aux flots bleus.

Ils agrandissent de nouveau l'ancienne usine Panhard-Levassor. Nous aurons de plus en plus de plaques commémoratives et de moins en moins de mémoire. Mais des grands cafés restent aux portes de Paris. Au Café des Sports de la porte de Choisy, le soir, des jeunes gens BCBG viennent se ravitailler sur les trottoirs avec un air innocent ou stressé, sous l'œil indifférent des solitaires, des turfistes, et des bonshommes qui invitent les dames à boire un demi, puis un autre demi, en discutant des petites histoires du coin avec leur sourire en coin. J'habite ici, et toi aussi ? Ah oui, on a plein de points communs ! J'ai de la Leffe chez moi. On y va ? Rien à voir avec celui de Masséna, à la porte d'Italie, parfait pour boire un verre en terrasse dans le bruit des Maréchaux, avant de rejoindre Le Kremlin-Bicêtre, Vitry, Choisy, ou quelque plus lointaine banlieue qui brille comme pas permis. Parfois, du côté des cités-dortoirs douchées par le soleil couchant, on dirait que ça va finir par prendre feu. Il faut être vraiment désespéré, ou assoiffé, ou très curieux, ou les deux, voire les trois, pour se risquer au Voltigeur de la porte de Vitry, sinistre d'apparence et de réputation. Le café y est mauvais, la déco n'a pas changé depuis le passage à l'euro, on ne s'y parle pas. Je n'ai pas dépassé celui de la porte de Gentilly dans l'autre sens, je n'ai pas terminé août poivrot. Patrick, le meilleur gardien des Rentiers, s'est rendu lui presque chaque soir à l'Arche 13 au pied d'Ancône, porte d'Ivry. Il s'agit du bar-tabac le plus bondé du 13ᵉ à mon avis, à cause des activités PMUesques et de tous les paris plus ou moins réglementés.

Depuis un an j'attendais de le revoir ! Quand nous sommes arrivés là-bas, il avait pas mal neigé. Vers le soir il est presque rose ou parfois abricot, ou seulement un peu plus gris que le gris du soir. Il brille la nuit, il n'a besoin que d'un croissant de lune, il prend bien soin de nous sans qu'on lui demande rien. Il craque assez souvent, de vieilles douleurs sans âge qui ne l'endommagent pas plus que ça. Le glacier de Bionnassay. Pas loin de lui et de son voisin des Bossons, à la Jonction où on s'essouffle tant à monter, j'ai vu s'effondrer des gros éboulis. Dans la descente on a longé pas mal de temps un torrent de montagne. Si on n'y prenait garde, on pourrait avoir envie d'y rester et d'être découvert en momie ratatinée des centaines d'années plus tard. Le vieux glacier sera toujours là, le reste, les gens, les choses aussi et nos idées disparaîtront mais pas lui. De Sallanches, dans le plat de la vallée, nous sommes remontés en longeant les stades de foot, de basket, de handball, le manège et les rampes de skate côte à côte.

Jimi Hendrix était peint à la bombe sur une des rampes en béton, avec son air triste dans le ciel gris de ce jour-là. Dans quelques jours, les vacanciers seraient partis et les enfants des écoles et des collèges avoisinants taperaient de nouveau dans les ballons en ne tournant presque jamais les yeux vers la montagne où le glacier veille sur eux, sur nous aussi. Mais parfois, un gosse s'arrête un bref instant pour le regarder et sa vie en est changée pour toujours. On se connaît depuis l'enfance, ce vieux glacier et moi. Parfois je me dis que j'aurais dû passer ma vie en haut, ou très à l'écart, ne jamais quitter tout ce blanc, mais ce serait bien loin de la porte d'Ivry. Sur le chemin du retour je n'ai pas osé déranger ma nourrice et son mari, qui sont très âgés maintenant. Plus d'enfants dans la cour. J'ai regardé partout : je n'étais plus là.

Il n'y a pas de meilleur endroit pour glandouiller que mon quartier, finalement. Joueurs de dominos près de ParisGel. Beaucoup de SDF privés d'abris jusqu'à septembre au moins, hébétés de fatigue et de solitude : un été. Parfois, près du banc des clochards, un cow-boy cambodgien édenté danse le tango avec sa canette de bière. Les pépés double-six lèvent les yeux vers le ciel, ça ne les intéresse pas, le tango. Le bonze hilare au milieu des vendeurs de cassettes piratées. Les robes à fleurs, les lunettes de soleil. Les feuilles déjà brunies au pied des arbres, les gens qui ont déménagé en face, les cartons vides sur les trottoirs. Les courses de rentrée au Géant Masséna comme chaque fois.

*

Ces dernières semaines j'ai souvent aperçu une jeune femme noire très grande avec une perruque de cheveux orange et une démarche chaloupée, ses jambes qui n'en finissent pas dans des collants roses. Bien sûr ça me faisait plaisir sur le chemin du métro d'imaginer sa vie. Hier en rentrant du travail je l'ai vue coller son œil à l'œilleton du centre d'accueil d'urgence. La jolie femme en perruque et au justaucorps rose bonbon cellophané y est entrée. Donc elle vit là ? Mais que peut-elle bien faire comme travail ? J'ai encore essayé de rêvasser qu'elle était clown dans les écoles, ou qu'elle travaillait dans la fripe, une activité lui permettant de se déguiser comme elle l'entend. Pour son incognito, en tout cas, c'est raté. L'œil collé à celui de la caméra du centre. La porte rouge lourde à pousser, et qui se referme tout de suite. Le bruit étouffé de sonnerie juste après.

En face, une marchande asiatique de chaussures à 20 euros qui sentent la colle et de vestes en jean dont les boutons me foutent la honte, cliclicliclicliclic, ça fait un petit bruit à chaque pas. M'sieur, vos boutons, y sonnent ! Quand elle n'a rien à faire, elle prend un plumeau et elle nettoie. Ou elle fume une cigarette sur le trottoir devant. Toute une vie là. À côté, un type dort sur le trottoir depuis trois mois, il attend le jour pour dormir, probablement. Les gens l'enjambent pour acheter leurs produits bio au Naturalia du coin. Parfois il se lève en sursaut et se rhabille. Ils ne se parlent jamais avec la jeune femme qui squatte l'entrée du Ed depuis un an, à 50 mètres de là. C'est comme s'ils habitaient deux planètes lointaines, ou deux îlots cachés l'un à l'autre. Ces morceaux de trottoirs pourraient presque se séparer du reste de Paris, surtout du côté des portes. En y restant assez longtemps on va aussi loin que Vladivostok ou la Chine, l'Inde ou downtown LA : pas besoin de bouger d'ici.

Les couleurs du ciel du côté du Val-de-Marne, à 7 heures du matin, quand on prend le bus PC. On a un air froid par-dessous le soleil, le bel automne est pour bientôt. Avec mon fils j'ai rapporté une bergère Pompadour rose fané achetée 30 euros à la Fête des voisins, il la voulait pour lire tranquille dans sa chambre. Il y a eu des gros orages à la Fête de l'Huma (la météo s'arrange toujours pour qu'on ait des gros orages, le week-end de la Fête de l'Huma). La femme du balcon d'en face vient d'accoucher. Elle n'a plus trop le temps de s'occuper des plantes de son balcon.

J'ai été invité en Russie, à Yasnaïa Poliana, dans la grande propriété de la famille Tolstoï, du côté de Toula, à 200 kilomètres de Moscou. Les hauts bouleaux, la pluie toujours, le gris du ciel. Les chiens, les chats errants, les jardins potagers. Les babas avec leurs bottes en caoutchouc et les jeunes femmes qui se pavanent en hauts talons sans se tordre les pieds. Leurs yeux clairs soulignés au khôl. Il doit être duraille leur pays. On portait des toasts à la vodka, chacun son tour. L'année dernière, ici, il faisait –30° en décembre. Tolstoï n'était pas un génie comique, apparemment. J'ai entendu parler de lui et de la grande Russie, de lui et de Dostoïevski, de lui et de sa femme, de lui, de lui, et puis de lui ! Du coup j'ai appris beaucoup de choses à coups de petits verres bien pleins. J'adorais écouter Youlya ou Olga nous traduire à l'oreille ce que les gens nous racontaient (je n'ai que deux oreilles !). Universitaire espagnol attendant le retour de la droite catholique, Italienne parlant six langues, vieil anarchiste grec, slavophiles exaltés, chanteuse tadjik, écrivain britannique snobinard : nous nous faisions quand même tous engueuler par les grosses dames si nous n'étions pas assis au bon endroit au restaurant ou si nous traînions trop à table. Un grand poète nous a distribué gratis ses livres qu'il était censé vendre, il n'aime pas se prendre la tête. *That's Russia*, Youlya m'a dit avec un sourire contrarié. C'était un merveilleux voyage, en raccourci. On ne connaît pas ce monde-là.

À Toula, la ville du coin, je n'ai pas visité les usines d'armement. Sur la grand-place, une statue de Lénine dont les vieilles générations refusent la destruction. Dans l'église à côté, les icônes et la famille du tsar peinte partout. Sur la tombe de Tolstoï, à Yasnaïa Poliana, un monticule herbeux recouvert de fleurs des champs, j'ai surtout vu des limaces noires de 20 centimètres de long et, dans un autre endroit du parc, des femmes à hauts talons agrippaient des troncs d'arbres, des très hauts arbres, les yeux fermés, pour se donner la chance, la force et, plus tard, le paradis.

*

La voie privée où j'habitais avant, à Asnières, a été fermée. Cette manie très commune et inquiétante a pris partout, ça m'a fait bizarre. Je n'ai pas pu arriver du côté de l'église et du gymnase, passer devant le numéro 14, salut le vieux gamin t'es toujours là ?, puis longer la voie ferrée pour descendre vers la gare. J'ai rebroussé chemin. À quoi servent ces grilles à digicode ? Ce sont pourtant bien les mêmes ILM de l'autre côté ? Dans notre ancien immeuble de la porte de Charenton, ils ont aussi entouré de portails la cour intérieure où tous les mômes du quartier ont joué, les miens y ont passé leur enfance, elle sera dorénavant réservée aux rejetons des propriétaires. Chez moi porte d'Ivry quelqu'un a écrit le code sur le mur au marqueur, pour aider les oublieux.

Je n'avais pas appelé Anita depuis longtemps et on ne peut pas rattraper le temps perdu, rien à faire. Son cancer qui l'embête depuis plusieurs années refait des siennes, énormément. Je ne me suis même pas excusé de lui avoir fait faux bond. Tiens te voilà, c'est pas trop tôt, vilain garçon ! Je suis présentable, dis-moi, ça va ? Oui, promis Anita, oui, ça va. De chez elle on aperçoit les trains du passé en rouge, bleu, blanc, de moyenne ou grande banlieue, à deux niveaux. Ils ne vous mènent jamais bien loin dans la vie quotidienne, mais peuvent vous tenir à l'écart de vos meilleures années pendant longtemps. À Bois-Colombes, près de la place de la gare, pas loin de chez Anita, les gens ont une manière particulière de se parler dans les boutiques ou au café. Bove a bien décrit cela. C'est très agréable à entendre, c'est comme à Asnières ou Bécon, et on pense à part soi que même si on avait eu une vie d'explorateur, on serait revenu un jour exprès pour boire un thé avec ces jolies filles devenues des belles femmes, ou des vieilles dames en un rien de temps. Alors, vilain garçon, raconte !

Le PC2 bloque chaque matin au même endroit, derrière la porte de Vitry. Ils posent les rails. Seuls des Africains travaillent sur ce chantier-là. Les mômes braillent dans les poussettes, les nourrices leur tendent leur portable pour les occuper, et le chauffeur de bus nous laisse sortir pour marcher quand ça bloque trop, il rêve sans doute de faire comme nous. Les mêmes jeunes gens aux mêmes endroits, avec leurs cartons à dessin, à la sortie Quai de la Gare, pour se rendre à l'école d'archi. Chaque mardi et vendredi une très belle femme bronzée avec une main de Fatima au cou s'amuse à soutenir le regard des bonshommes du bus PC, jusqu'à ce qu'ils baissent la tête et recomptent leurs orteils. Ces histoires défilent comme ça, sur le bord du chemin. On croit pouvoir les attraper avec un stylo et du papier, mais non. Elles courent plus vite que nous : elles ne laissent pas de trace. Nos voisins toujours inconnus. Tourne le monde autour de nous, qui sommes coincés dans le bus PC2. Plus vite, chauffeur !

J'ai rencontré Gérard devant le Naturalia de la rue de Tolbiac, il regardait les gens qui attendaient la sortie des poubelles du magasin. Il était révolté. T'as vu, paraît qu'il n'y a presque plus d'argent pour les repas dans les Restos du Cœur, au Secours populaire et les autres ?… Je prévoyais un bon quart d'heure pour écouter Gérard quand il a aperçu une nouvelle affiche en vitrine : mangez 5 fleurs par jour. Ah putain, t'as vu ça ? J'y crois pas ! Il n'avait plus rien d'autre à dire, du coup. Gérard est veilleur de nuit rue du Château des Rentiers. Souvent, quand nous nous croisons dans la rue, il lève le poing en signe de victoire. Ou quand je rentre tard, je le vois qui parle seul dans son bocal en verre, il crie vers les étoiles, au milieu de sa nuit.

*

Gare de Lyon, derrière la file des taxis en attente, un type assis sur un tabouret pliable tend son gobelet. Il a des dents en or, des grandes moustaches, un chapeau rond de gangster et, surtout, un gros lapin blanc dans une cage en fer. Il fait des sourires, des grimaces en montrant la cage bien garnie, salade et carottes du marché. Parfois le lapin lève la tête avec un air affairé, le monsieur continue ses mimiques sans se lever du tabouret. Il parle hongrois, m'a expliqué mon collègue. Tu connais le hongrois toi ? Mon collègue s'est assombri : juin 1998-15 janvier 2003. Son grand amour ? Oui, une effroyable tragédie ! Le week-end, le monsieur et son lapin ne sont pas là, ils ont sans doute besoin de l'air pur de la campagne ou d'un séjour en caravane derrière la porte de Pantin. Sous le pont de la Promenade plantée juste avant de bifurquer vers le lycée, des Africains sans-abri font la manche. Parmi eux, celui qui écrivait des livres et m'avait demandé à demi-mot de lui porter secours. Nous nous donnions rendez-vous, il n'arrivait jamais à l'heure. Je devais rentrer pour les cours. Il venait en aide à des types plus malades que lui, il refusait de se montrer comme il était, abandonné. Il souriait. Après mon divorce, c'était difficile, mais ça va mieux. Il me donnait du Fabre, hé Fabre ! Je voudrais le voir resurgir un jour, mais il est impossible qu'il revienne d'où il est. Sa fille qu'il adorait. Son sourire. Il avait une grande culture et beaucoup de gentillesse, il cachait ses bouteilles derrière un mur et me demandait de l'aider à porter secours à un autre, un Congolais, un Zaïrois, un autre sans-papiers de tel ou tel endroit. Aujourd'hui les sans-papiers ne couchent plus sous ce pont-là. Un autocar des flics à toute vitesse, rue du Temple, un dimanche vide l'après-midi, les Africains embarqués tapent sur les vitres, le bus fonce encadré par des motards. Sur les trottoirs on aura eu à peine le temps de réaliser. Personne pour raconter cela.

Sur le chemin du collège puisque j'y vais souvent à pied je m'arrête au café à Reuilly si j'ai le temps. La télé en sourdine, les matchs de foot, les actualités sur des sujets si rebattus qu'à force, il n'est même pas nécessaire de couper le son. Gilles le barman est le plus rapide que j'aie jamais vu, si tôt le matin. Bonjour vous allez bien ? Oui, et vous, ça va ? Bobos de Reuilly-Diderot : à cette heure-ci les mères se retrouvent pour papoter après avoir laissé les enfants à l'école. Oh, sympa ta veste, à vente-privee point com ? Tu l'as payée combien ? Ah c'est cool ! Trop sympa. J'aperçois les mômes qui marchent dans ce petit quartier de la grande ville avec des idées bien précises, aller s'acheter des bonbons avant les cours, passer toute une journée tranquille dehors avec dans le sac à dos de bonnes choses à manger, une canette de coca. Je croise souvent Sarah qui a 19 ans maintenant, le monde s'ouvre tout grand pour elle à la station du métro, comme pour Pierre, Doumia, Adrien, Alice et même Pablo. Sarah m'a fait un large sourire à la bouche de métro, coucou *teacher* comment ça va ? Je serre la main d'Adrien qui n'est pas plus pressé qu'avant dans les escaliers du métro. Puis, direction le boulot, non sans avoir balancé pas mal de journaux gratuits à la poubelle. C'est fou le nombre de profs qui lisent les journaux gratuits, à Reuilly-Diderot ! On en était tous à se lamenter de la journée de carence pour les maladies imaginaires des fonctionnaires paresseux, j'en ai conclu qu'il faudrait s'arrêter longtemps, du coup, quitte à s'arrêter, mais c'est-y pas une honte mes aïeux. Il me tarde souvent de retourner le soir dans la rue du Château des Rentiers. Je repasse gare de Lyon exprès par chez le lapin hongrois pour en avoir le cœur net, il est encore en train de bouffer, le monsieur sur son pliant, tendant le même gobelet avec son sourire moustachu de dents en or, en pleine forme. Quant au lapin n'en parlons pas.

Le soir, je traverse l'esplanade, j'évite gentiment les jeunes gens qui vous alpaguent pour Action contre la faim, Aides, la Croix-Rouge et les promotions de Noël. Dans le hall des TGV des personnes de qualité parlent à leur portable en regardant le tableau des départs, c'est plein de femmes sexy et de types en costume qui ne tombent jamais malades. Mon fils à la maison. Salut, mon lapin, tu vas bien ? Oui, ça va. Il a haussé les épaules. Il a pesamment soupiré. Hé, cache ta joie, quand même, c'est les vacances ! Pas de réponse. Par la fenêtre de ma chambre les tas de feuilles mortes dispersés par les grands orages. La cabine du téléphone pour appeler personne, au fond. Les gens agglutinés en masse dans le PC2. La lenteur tout autour et les guirlandes des magasins chinois qui gigotent dans le vent.

*

En période de soldes rue de Rivoli, on se marche sur les pieds, mais les gens n'ont pas l'air de s'en apercevoir. J'ai tenté à plusieurs reprises d'acheter des chaussures. Je n'ai pas encore réussi à entrer dans un magasin. Je crois bien que je préfère les payer plus cher finalement, dans un magasin un peu vide, et si possible aucune musique qui nous troue les oreilles. Maria, une fille d'Asnières, vendait des chaussures (maîtrise de philo, mère célibataire). Elle vivait avec son fils que sa voisine gardait, elle lui rendait la pareille lorsqu'elle était en congés. Un jour, elle en a eu sa claque et le soir, elle est passée chercher son fils et elle a mis quelques affaires dans une valise. Une carte postale de Perpignan à sa meilleure copine de lycée : ne t'inquiète pas, tout va bien. Elle avait du cran, Maria, ma vendeuse d'Asnières-Gennevilliers.

Ils agrandissent encore la petite ceinture, Paris va vraiment prendre un coup de neuf ce printemps. Le boulevard circulaire va se déplacer un peu, coloniser plus loin vers la petite couronne. Les immeubles récents nous couperont la perspective, les frontières de Paris seront encore plus marquées. Il y aura des nouveaux bâtiments avec, aux stations des bus et du prochain tramway, des chemins détournés pour accéder à des immeubles de verre, où les gens iront s'occuper. Et ce ne seront pas des immeubles en solde, évidemment. Porte d'Ivry, nous devrons nous trouver des terriers autour du boulevard périphérique, sur les pentes, dans les dernières maisons grises aux petits jardins tristes en face de Bercy 2, près des hôtels *discount*, et des dernières chambres au mois de l'ancienne Seine-et-Oise, payables d'avance. Des vieux panneaux sont conservés sur les murs, pour ceux qui s'intéressent à ça. Des chemins grillagés entre les maisons et les immeubles sans grâce. Un jour, il ne restera plus que des traces. Tant qu'à faire, pour passer sa vie à Paris, vaudrait mieux naître rentier à la Cité ou dans un de ces arrondissements qui ne changent pas, où il n'y a pas de musique d'ascenseur dans les magasins de chaussures. Où il n'y a même pas de magasins de chaussures. Au bout de la porte d'Ivry, du côté de l'Etap Hotel avec vue sur le périphérique, des petits mecs et des amoureux papotent, s'embrassent, se disputent en fumant parfois des joints qui sentent trop bon dans la rumeur. J'aime bien là-bas.

Un ami du Japon m'a demandé de passer à la boutique des Miroirs du passé pour prendre des nouvelles d'un miroir qu'il a donné à restaurer. C'est à côté du lycée mais les Miroirs du passé sont toujours fermés. J'ai rêvé plusieurs nuits d'affilée à une usine de miroirs. Il y a moins de miroirs qu'avant dans les vitrines des magasins. Souvent on ne voit bien que dans ses souvenirs. Nous n'allons pas disparaître de si tôt, mais nous habiterons dans une grande ville conçue comme une société anonyme, avec des soldes deux fois par an. En rentrant au Château des Rentiers par la ligne 7 : un accordéoniste au torse massif, accompagné d'un guitariste qui tient son instrument le manche en haut. Puis : je m'appelle Bébeeerrrrt, chuis dans la misèèèèèrre ! Les gitans se sont arrêtés un moment pour rigoler en regardant ledit Bébert, avant de se remettre à jouer. Juste de quoi louper sa station. À part ça, le temps avance à fond sans rien casser pour le moment.

Ma nourrice a 87 ans, son mari en a bientôt 100. Je n'avais pas réalisé avant cette carte de vœux-là. J'en ai mis du temps ! Quand je me suis couché en pensant à eux, après avoir éteint la lampe, j'ai vu des tas d'étoiles accrochées au plafond de ma chambre. Impossible de dormir. Je me suis levé pour vérifier par ma fenêtre le vrai ciel en dessus de la porte d'Ivry mais il était bien moins fourni en étoiles, évidemment. J'ai conservé toutes ses cartes de vœux. Un jour, il n'y aura plus personne pour nourrir ma collection, ni plus tard les regarder l'une après l'autre de temps en temps. Quand même, ce qu'elles sont brillantes les étoiles que ma nourrice m'a envoyées pour ce nouvel an à mon plafond du Château des Rentiers, à 87 ans passés !

Ils ont fini de détruire l'Arche d'avenirs des sans-abri. Des hommes viennent encore rôder par ici avant de faire demi-tour. Certains sont bien embêtés et campent dans le square en face. D'autres s'allongent à même le sol sous les deux sophoras. L'ancienne usine Panhard-Levassor a annexé ce territoire : des gens tapotent sur des ordinateurs dans les bureaux paysagers. Du square, on entend vraiment bien les oiseaux invisibles qui attendent la fin d'un monde ou le début du printemps, surtout tôt le matin. Deux rues plus loin les Chinois ont installé les guirlandes de leur nouvel an. Elles cliquettent toute la sainte journée. Vous pouvez pas vous taire, les guirlandes ? Et voici la leçon du mois, lue sur un mur de la rue du Château des Rentiers : trafiquant de chichon, t'es en prison ; trafiquant de nichons, t'as des millions ! Hier soir, quatre policiers essayaient de déloger la jeune femme qui vit à cet endroit depuis trois ans. Ce matin je la vois qui fait les cent pas avec ses gros écouteurs, exactement comme d'habitude. J'ai l'impression qu'elle a gagné.

*

Nos vies au fond sont comme un tas de moments pathétiques avec, autour de nous, des rues, des arbres et des façades d'immeubles où la vie n'accroche pas vraiment, beaucoup de souvenirs, des vieux calendriers. À la fondation Jeanne-Garnier dans le quinzième arrondissement ils s'occupent du mieux possible des gens en fin de course, ça change sans doute beaucoup la mise de terminer là-bas plutôt que seul chez soi, ou dans un hôpital mal foutu. Dans le square attenant il y avait de la neige et quand je suis sorti, ma vieille copine de fac et moi on avait bien bavardé, du coup elle était très fatiguée, j'ai eu seulement envie de m'asseoir sur un banc. La seule chose qui m'a gênée là-bas : les bénévoles qui attendent pour rendre service aux familles, il faudrait écouter avant les centres de soins palliatifs dans la vie. Même si je ne peux m'en empêcher, m'est avis que je suis bête de penser ça.

Cathos. J'en ai la connaissance qu'on en a après toute une scolarité chez les chers frères et les bons pères, en internat.

À l'église pas loin de chez moi, Jeanne-d'Arc, un gros clocher comme affaissé sur un petit corps fragile, il y a surtout des Africains et des Asiatiques à la messe du dimanche. Les autres jours sur cette place des gens sans-abri poireautent et tuent le temps. Ils parlent, ils s'embrouillent, certains trouveront le chemin pour s'en sortir et d'autres iront se perdre ailleurs, ils ne sont pas ici pour longtemps. Ma copine de la fac travaillait tous les dimanches sur les marchés pour payer ses chères études. À cette époque elle portait très court ses cheveux teints en blond et je ne vois personne qui pourrait bien lui ressembler. Asnières où j'ai passé ma jeunesse s'est rétréci pour moi, ces dernières années. Des souvenirs qui ne viendraient pas du passé seraient sans doute préférables. Oui mais comment ? On aurait moins de mal à continuer d'avancer dans les périodes de mauvais temps.

Porte d'Ivry le vendeur d'Interflora, mains dans les poches, déconseille vivement l'achat de plantes à bulbes en ce moment, celles d'hiver sont foutues et celles du printemps idem. Il prévoit un énorme bug des plantes à bulbes en cette année électorale, ce qui, selon lui, corrobore amplement la thèse du réchauffement planétaire. Donc achetez-moi plutôt des roses ou des œillets, si vous y tenez. Bref, j'ai passé mon tour et j'ai acheté du vin pour aller chez des amis au Nicolas de Masséna. En ce moment un grand monsieur suédois tient le Nicolas, il arrive que des Chinois lui achètent des bouteilles très chères, à 300 ou 500 euros. La dernière fois, deux jolies femmes avec le type, en jupes très courtes sous des manteaux de fourrure, jolies mais quand même un peu trop maquillées. On a des Tony Montana à la porte d'Ivry, pour parler comme mon fils, qui se baladent avec des femmes sophistiquées et sortent leurs grosses coupures du fond des poches d'un jean troué. En rentrant avec ma bouteille de vin, le long des Maréchaux, je n'ai croisé aucun autre millionnaire asiatique accompagné par des poupées, juste des voisins sympas, mais 30 mètres plus tard, j'ai cru venue ma dernière heure. Un grand Noir aux yeux exorbités me prenait en photo de tout près avec son portable : pourquoi tu me suis, fils de pute, assassin ! Il devait peut-être croire que j'étais à la solde d'un Tony Montana du quartier ? J'ai battu haut la main mon record du 100 mètres sur la petite ceinture, sans casser ma bouteille de vin. Champion du monde ! Mais j'ai eu du mal à reprendre mon souffle. Ça faisait longtemps que ça ne m'était pas arrivé. Gens seuls à en crever, qui croient qu'on les poursuit car ils n'ont nulle part où aller.

*

Cela m'a fait plaisir de voir à Shibuya trois clochards bien achalandés sur leurs caddies qui n'avancent pas, alors que tous les autres gens, et nous aussi d'ailleurs, ne cessions de marcher. Elle est belle cette ville de Tokyo, où nous avons tellement marché. Avec Kei et Nico nous avons visité les temples bouddhistes ou shintoïstes. Il faut jeter une pièce dans un bassin, baisser deux fois la tête, taper deux fois dans ses mains, et la fortune est assurée. J'ai dû revenir blindé sans m'en rendre compte. J'ai revu mes anciens amis du Japon, nous nous sommes facilement reconnus, je me demandais comment éviter le quart d'heure des regrets, le quart d'heure des absents, le quart d'heure de celui qui, de celle que ? Cela faisait près de trente ans qu'on ne s'était pas vus. Pas de souci : on s'est seulement pris en photo, sourires ou grimaces de gamins. On a bu des bonnes bouteilles. On a mangé du fromage et du saucisson que j'avais apportés. Vers la fin Naoko s'est cassé plusieurs fois la figure, on a fait semblant de ne pas s'en rendre compte, elle est partie plus tôt que les autres pour être à l'heure au golf. Aiko et Yoshiaki sont toujours aussi marrants. Sonomi s'est levée très tôt à New York pour nous téléphoner, être avec nous tous, en un sens, elle aussi. Yoshikatsu n'avait pas pu venir : il avait une trop grosse commande dans sa pâtisserie de Yokohama. Nous avons échangé quelques mots, il a oublié son français, mais si je retourne là-bas un jour je devrai goûter ses gâteaux ! Shinichi enseigne les mathématiques avec le même air doux et rêveur qu'il avait à vingt ans, en écoutant les disques microsillons après avoir trop picolé. Il est de plus en plus sage : il prend un kilo par an ! Il vous fait rire sans le vouloir, juste comme ça. Sa famille vient d'un village dévasté par le tsunami, mais ça fait partie des choses dont ils ne parlent pas avec des gens venus d'ailleurs.

Tokyo est propre et silencieuse. Au-dessus des tours beaucoup de gros corbeaux qui planent. Une fois j'ai ressenti une petite secousse, j'étais assis sur le divan, trente secondes, à peine de quoi vérifier alentour, ça avait fini de bouger. Une tempête de neige, puis le soleil du lendemain. On a vu la Bentley de l'impératrice arriver à l'hosto de l'université de Tokyo, son mari l'empereur venait d'être opéré ! Panique à l'université : les gardes du corps avec des oreillettes, des chemises blanches costumes noirs et des tronches de figurants pour les films de Jackie Chan dans les cinémas permanents des grands boulevards, en 1983. Au loin, chaque jour, le mont Fuji dans le brouillard. On était trois semaines trop tôt pour les cerisiers en fleur. Les gosses en uniforme, les gamines aux cheveux teints, en minijupe et chaussettes aux genoux, ils aiment beaucoup les uniformes, on dirait. Les *salary men* en complet et les femmes très à la mode. Misère ! je n'ai pas essayé les *love hotels* à deux tarifs, *rest or stay*. J'ai adoré leur métro. J'ai compté jusqu'à huit personnes qui dormaient par wagon, ils ne se parlent pas, ils se réveillent juste quand ils sortent. C'est clair, nous ne sommes pas les plus civilisés, dans nos rames RATP. Les foules indifférentes, silencieuses, qui s'ouvrent pour vous laisser passer comme si de rien. Les rues souples et graciles sur les petites collines des environs. Tout autour on sent la mer, un peu cachée. J'en aurai mis du temps pour y aller, chez mes amis Nico et Kei. J'aurai fait des beaux voyages, dans ma vie.

Quand je vois la tour Bergame en sortant du métro porte d'Ivry, elle est un peu de travers, je crois toujours qu'elle voudrait me dire quelque chose. Elle n'est pas si fragile que ça, mais l'un dans l'autre, c'est comme si elle était étonnée de nous voir, nous tous, les fourmis d'en bas. On se regarde un peu (enfin nous : elle et moi). Bientôt le Japon retourne au Japon, les gens de la porte d'Ivry se demandent parfois comment ils ont atterri ici, dans cet endroit improbable où on ne devrait pas prendre racine, où on ne devrait pas rester longtemps, et pourtant. Ici, il y a aussi tellement de choses à raconter, et des bourgeons prêts à éclore. Par la fenêtre de mon immeuble c'est tout rose dans la cour du Château des

Rentiers, un seul arbre est en fleur. Derrière on aperçoit les travaux des Maréchaux et la cabine téléphonique où rôdent les ombres du soir, près du foyer.

Sondages des présidentielles. Sont-ils cousus de fil noir ou blanc ? Faudrait pas se laisser piéger quand même ! Fanfarons de la gauche, de la droite et du milieu, ils ont quand même démarré les expulsions par ici. Cela continue tout comme l'année d'avant, et encore celles d'avant, et aussi avant ces dernières, alors bon. Au bahut vient la saison où les élèves se bagarrent, ils ont trop chaud, les gamines rêvassent et ferment les yeux au soleil. M'sieur, fait trop chaud, on peut regarder un film ? Non, pas question ! Oh m'sieur ! Bon alors, c'est un film qui se passe au Japon, ça vous dit ?

*

Dimanche dans la rue Albert, après la sieste, un grand nombre de Cambodgiens sortis de la salle des fêtes avaient nettement envie de se battre. Ils étaient saouls. Un type surtout, retenu par ses copains, en voulait à un plus grand, cramponné sur le trottoir d'en face par les siens, il braillait *fuck you, fuck you all !* Il avait l'air bien raté leur banquet, au moment des pousse-café. *Fuck you all !* est la seule phrase complète que j'ai entendue ce jour-là. Me gardant de prendre parti, j'ai avancé au milieu de la rue vide. À hauteur du foyer des Maliens, des grands types palabraient, pas du tout impressionnés par les Cambodgiens éméchés ou les tristes policiers-policières du grand commissariat, occupés à fumer des cigarettes, à téléphoner chez eux, à se geler dehors en attendant de se rendre utiles à la population, appelés pour un crime crapuleux : un Cambodgien ensanglanté sur le trottoir, une bouteille de whisky vide à la main. *Fuck you all !* Ah, ces dimanches !

J'ai poussé pour me perdre jusqu'au stade Charléty, il était bien vide. Les martiens venaient une fois de plus de déguerpir, dérangés à cause (au choix) des prochaines élections, de la dernière brocante, ou du championnat d'athlétisme du dimanche passé. Des jeunes gens ont couru, sauté, jeté des trucs et des machins en espérant, un jour, faire la même chose ailleurs, lors d'un plus grand championnat. Je n'avais pas prévu que mon vieux cœur allait battre la chamade en prenant le tramway. Une jeune femme sortie d'un tableau de la Renaissance italienne lisait un roman de D. H. Lawrence, et quand son regard a croisé le mien, je me suis demandé pourquoi ma vie ne recommencerait pas juste à ce moment-là. Par ailleurs elle était percée de partout, oreilles, nez, menton, arcades sourcilières, et même à la nuque, une sorte de bâtonnet brillant avec des boules au bout, ce qui n'a plus rien à voir avec les jolies femmes peintes du XVe siècle italien. Je suis sorti porte de Choisy, puisqu'elle descendait là aussi, euh… mademoiselle !… et je l'ai perdue de vue.

C'est plein de pétales morts le long de la piste cyclable, et des pollens de marronniers. Devant le boulodrome attenant au gymnase Carpentier, un concours s'enlisait dans des odeurs de frites et de brochettes merguez, agneau, poulet. Ça sentait pire la frite, ce dimanche-là. Non merci vraiment je n'ai pas faim. Ah c'est pour les orphelins d'Auteuil ? Bon, un sandwich merguez, s'il vous plaît. Entre la jolie fille et les tournois de pétanque il doit bien me rester quelque chose, mais quoi ? Mon fils a gagné trois mobylettes à refaire pour son anniversaire – une BB de 1965, une 104 de 1972 et une pour les pièces détachées, il manifeste un entrain magnifique avec une clé de 12 à la main, une lampe de mineur au front, et des papiers imprimés sur les sites spécialisés en très vieilles mobylettes. Aller au Louvre en mobylette voir la jolie fille du T2.

Les élections ! Elles sont enfin arrivées. On les aura attendues longtemps par ici. On a eu les écoles avec les classes en moins, les petits gosses qui zonent l'été, les gens qui foncent vers les poubelles du Naturalia bio et des Franprix vers les 6 heures du soir. L'Arche d'Avenirs des sans-abri détruite et remplacée par de grands bureaux pleins d'ordinateurs. Je pense aussi à ceux qui sont partis, ces dernières années, il me semble qu'ils aimeraient bien nous voir gagner et lui perdre ? Il aura vraiment fait des dégâts, cet ancien Président-là. Neuilly se porte toujours aussi bien.

Ces derniers temps mes enfants ont fait le ménage des essuie-glaces, dès qu'ils voyaient de ses publicités. J'étais fier d'eux, sans leur dire rien. La vie va continuer sans lui, bientôt des gens raconteront leurs histoires des années d'avant, en les exagérant un peu. Ce seront de vieilles histoires qu'ils nous auront déjà servies. En attendant, nous sommes seulement aujourd'hui, dans la rue du Château des Rentiers. Un grand vent vient de la mer, parole, on s'y croirait ! Au-dessus de l'immeuble des travailleurs migrants, un hélicoptère survole le boulevard périphérique, ou bien se dirige-t-il vers Henri-Mondor à Créteil ? Sur le trottoir un petit homme à l'arrêt du PC2 que j'aperçois tous les matins lève les yeux vers le même endroit. Quand il rebaisse la tête, les feux des Maréchaux passent au vert, et la vie s'emballe comme jamais.

*

Dans mon quartier les gens n'ont pas manifesté une très grande joie aux élections. Ils sont loin de tous voter. N'empêche, est-ce que j'ai rêvé ou bien certains étaient plus souriants ? La plupart des habitants du Château des Rentiers n'attendent aucune amélioration nette de leur situation. Mon voisin le jardinier a remis ses vieilles tennis car ses neuves s'abîmaient trop vite, avec la pluie. Ses yeux si bleus, en aurais-je déjà parlé sans me rendre compte ? Mon cher voisin le jardinier. On s'attache lentement aux inconnus, mais très fort, on se détache lentement aussi des gens qu'on a aimés et qu'on a bien connus, ou alors trop, je ne sais pas. Sa rhubarbe me fait envie, s'il daignait seulement la couper ! Mais il n'aime que la voir pousser, ensuite elle crève et ça lui va bien comme ça. Au café Pourpre les jours suivants les clients étaient d'avis qu'on allait continuer de bien se faire niquer, pour parler comme le cadre iPhone de la boîte à côté à sa collègue, une jeune Anglaise qui s'exprime elle aussi comme un charretier dans les deux langues, peut-être sous son influence ? Ils boivent quelques verres le soir. Ils ne sont pas amants, je crois. Quand elle rentre chez elle avec ses dossiers dans le quinzième, le vendredi, elle chaloupe presque autant que lui. Une fois ou deux un taxi les attendait.

Gérard mon ami gardien de nuit a haussé ses maigres épaules, il se rappelait mieux 1981 où il était encore vingtagénaire, pour dire comme lui. La politique a cessé de l'intéresser, il est beaucoup trop pressé. Vu sa santé et ses deux paquets par jour il a énormément de rattrapage à faire sur l'état du monde et de la culture avant de partir, ce quinquennat ou le suivant (il préférerait le suivant). Du coup le soir par la grande baie vitrée, je l'aperçois qui ouvre sur son ordinateur des biographies Wikipedia des écrivains qu'il n'aura pas le temps de lire, ou de relire. Jeudi dernier c'était Flaubert, je revenais de chez des amis et j'étais un peu saoul quand j'ai cogné à sa vitre. Gérard plisse les yeux, me fait signe de patienter, il passe sa veste, vérifie le col de sa chemise et le tomber de son pantalon gris perle. Met son imper. Débranche l'alarme extérieure. Salut Gérard ! Ouais, qu'est-ce que t'as ? Rien. Rien quoi ? Pourquoi tu lis la biographie de Gustave sur Wikipedia alors qu'en un quart de temps, tu peux t'avaler les *Trois contes* ! Gérard s'est assis sur la première marche, avec sa cigarette aux lèvres. Et tu m'as fait sortir pour me dire ça ? T'as bu quoi ? Puis, il m'a raconté d'autres épisodes de sa vie, enfant placé, ouvrier dans le bâtiment, aux crochets d'une vieille, cours du soir, VRP, chômage, divorce, une histoire d'orphelin d'un bout à l'autre, jusqu'à la victoire de Hollande et sa moche maladie. Nous avons passé une bonne heure tous les deux. Il est rentré parce qu'il avait un peu froid et qu'il n'est pas payé à surveiller les courants d'air. Je le lirai ton Flaubert, si y a que ça pour te faire plaisir ! Je crois qu'il est content qu'on le dérange, de temps en temps.

Ce soir-là à la Bastille, on ne pouvait pas avancer comme on voulait. Une rangée de CRS barrait le faubourg Saint-Antoine et nous la foule étions coincés sur les trottoirs de chaque côté. C'était pas la grosse fête, mais les gens étaient contents. Les seuls qui s'amusaient bien de ce côté-ci du faubourg c'étaient les chauffeurs de voitures avec des drapeaux algériens et français par les vitres, ils remontaient vers la Nation en poussant des youyous. Vive la France et l'Algérie ! Les grands écrans. La brigade des bisous, la grappe des jeunes autour de la colonne de la Bastille. J'ai croisé des anciens élèves, des copains, des collègues. On était très nombreux, on s'est congratulés, les SMS ne passaient pas. Où se trouvait la presque moitié des gens qui n'ont pas voté pour lui ? Il y avait la pluie sur tout cela. Ma sœur au téléphone m'a demandé s'il était bien le nouveau. Il ne peut pas être pire, j'ai dit. Elle fait partie des déçus d'Obama, aux États-Unis. Bref. Qu'est-ce qu'il y a de bien en France, ces derniers temps, au cinéma ?

En ce moment je vais souvent me balader en face, à Ivry. C'est une commune grise et sympathique où les gens sont contents d'habiter. Les petites maisons moches et de guingois cachées sur la colline et coincées par le périphérique, et plus loin, le grand Ivry, avec ses magasins de fringues pas chers. La dernière fois, je marchais du côté du port d'Ivry le long d'un mur avec derrière des entrepôts numérotés et des gros tas de sable. Un vieil immeuble d'habitation. Une petite fille et son frère nettoyaient à l'éponge la façade autour de l'entrée. Ils faisaient des beaux dessins exprès pour sauver leur maison. Viens voir ! On est allés vers le coin de l'immeuble où, sous un grand soleil avec des petits cœurs dedans, il y avait un gros poisson chargé sur une voiture. Le requin du toit c'était le bateau-bouée. Est-ce que j'étais déjà allé à la Méditerranée ? Leur mère est sortie nous rejoindre. Elle était inquiète de ne plus les voir. Ils sont rentrés chez eux en lui tenant la main.

*

Dans mon merveilleux quartier toutes les rues ne vivent pas à la même heure, d'ailleurs certaines ne sont pas vraiment réveillées, en journée. Elle ne vivent pas non plus la nuit. La rue Marcel-Duchamp par exemple avec ses sophoras et ses ateliers, dont les très hautes fenêtres ne sont jamais nettoyées. On pourrait croire que personne n'habite là, et pourtant si. Des gens comme vous et moi stationnent avec un air soucieux devant leur boîte à lettres et, avant de refermer leur porte, jettent un coup d'œil en face vers les HLM très bas de plafond, dont les locataires semblent s'être donné le mot pour avoir un gros chien. De l'autre côté, près de l'ancienne voie ferrée, vers la porte de Vitry, on ne rencontre personne non plus. Quelques restaurants chinois restent vides et j'aperçois toujours la même dame sur la même chaise devant ses mots croisés, elle déprime dans sa gargote. Les gens attendent. Ils peuvent attendre une vie entière. Si on veut de l'agitation, il suffit d'aller du côté des frères Tang et du Géant Masséna.

On a eu un mois de juin pourri sur la planète Terre et ça a comme un air de fin du monde, la pluie toujours, sur la porte d'Ivry. On voudrait traîner si possible au lit, et dormir longtemps. Dans la cité Masséna rouge, trois gamines rentrent le vendredi soir de leur internat, avec leurs valises à roulettes, leurs impers à col Claudine, leurs jupes à fleurs. Elles recoiffent leurs cheveux avant de composer le code de leur immeuble. Encore un week-end de merde à la porte d'Ivry, chez les parents. Filles de gendarmes ? Je me demandais ça quand, en face, au foyer des travailleurs migrants, j'ai vu des types en piteux état sortir soutenus par d'autres et plusieurs camionnettes du Samu. Un feu dans la cage d'escalier. Et, au moment de rentrer chez moi : un grand trou au milieu du jardin de la petite ceinture, les câbles des panneaux Decaux à changer ! Le jardinier a seulement hoché la tête en regardant ce qu'il est le seul à voir dans son terrain. Il a haussé les épaules. Il a planté des tomates près du trou pour les gros fils. Que peuvent des plants de tomates contre les affichages Decaux ? Je profite des éclaircies pour faire un tour au parc de Choisy. Le député sortant a une rude poignée de main, les mêmes vieilles blagues à chaque mandat. Le jour suivant, la candidate de l'UMP promenait son petit gosse, boucles blondes et yeux bleus, les deux. Il regardait la flaque où se noyait un prospectus où avait souri sa maman. T'as vu ? il lui a demandé. Ne touche pas, c'est tout sale, sa mère a répondu. Un bref instant, ils ont gardé le silence avant de repartir vers les tables de ping-pong en béton où ça sent la marie-jeanne, la balle de match et les tristes printemps.

Les dimanches matin nous sommes plusieurs centaines à venir cavaler autour de la halle Carpentier pour tenter de garder la forme. Des gens courent autour des trois stades où des types jouent au ballon, les pères encouragent leurs rejetons sur le terrain. Des Asiatiques se retrouvent avec une petite sono pour apprendre entre elles les danses de salon, des barbus très baraqués du foyer des Maréchaux s'entraînent à la militaire. Les vieux font du tai-chi. Ça fait plaisir de voir les gens ensemble quelque part. Je vais boire un café le dimanche matin au café Pourpre, à la Liberté, porte d'Italie, ou au canaille

Café des Sports de la porte de Choisy, dont voici les tarifs en vigueur. Le PMU : ta paie entière, la fellation : 50 euros, le café noisette à 1,20. Un café noisette, s'il vous plaît !

Nous aurons bientôt le tramway jusqu'à la porte de Vincennes. Que feront les chauffeurs du PC2 lorsqu'ils auront terminé de tourner en rond, en 2013 ? Leurs grands bus à soufflets iront-ils encore quelque part ? Ils construisent plein de nouveaux bâtiments, foyers d'étudiants et écoles supérieures, sur cette portion des Maréchaux. Le train aménagé à hauteur de la porte de Bercy pour les SDF est de plus en plus isolé dans ce vacarme de constructions. C'est un peu triste de voir les niches pour leurs chiens côte à côte, jamais occupées. (Les chiens n'aiment pas être à la niche côte à côte ; nous l'acceptons plus facilement, nous sommes plus habitués.) Dans les appentis en grillage, des cabas, des vélos sans les roues, des sacs plastique, des cartons. Le soir, bras croisés aux vitres du train, ils voient des ombres et des reflets. Où seront-ils dans un mois ? Dans un an ? L'incinérateur et ses deux cheminées, la fumée blanche du côté du Val-de-Marne. La nuit est bien trop claire, parfois. Les merveilleux nuages, là-bas. Là-bas ! Une clope avant de se coucher.

Et voilà, c'est fini. Depuis cinq ans les anges et vous : vous m'avez bien aidé à vivre mine de rien. Juste garder les yeux ouverts : on n'est jamais tout à fait seul ainsi. Et puis, s'il y a du grand nouveau dans la rue du Château des Rentiers vous serez sans doute mis au courant. Mais j'en doute. Ici les gens vont continuer d'aimer, de partir, de rester, les roses de mon voisin fleuriront derrière les grilles, pour rien, pour personne, pour qui veut bien. Du fond du cœur, merci.

À Thierry Guichard et Philippe Savary, du *Matricule des Anges*, qui m'ont permis pendant cinq ans de raconter les jours passés à la porte d'Ivry. À Laurence Renouf, de l'Olivier, qui m'a proposé de retravailler ces chroniques pour en faire un livre, pour ses conseils et ses suggestions. Merci aux voisins, aux amis, aux fantômes et aux inconnus qui traversent ces pages.

À la mémoire de Jeanne Roguet.

Du même auteur

Moi aussi un jour, j'irai loin
Maurice Nadeau, 1995 et Points, n° 2758

Ma vie d'Edgar
Prix Marcel Pagnol
Le Serpent à plumes, 1998 et Motifs, 2002

Celui qui n'est pas là
Le Serpent à plumes, 1999

Fantômes
Le Serpent à plumes, 2001

Mon quartier
Fayard, 2002

Pour une femme de son âge
Fayard, 2004 et Pocket, 2008

La serveuse était nouvelle
Fayard, 2005 et Pocket, 2007

Les Types comme moi
Fayard, 2007 et Pocket 2010

J'attends l'extinction des feux
Fayard, 2008

Les Prochaines Vacances
Le Chemin de fer, 2009

Avant les monstres
Cadex, 2009

J'aimerais revoir Callaghan
Prix printemps du roman
Fayard, 2010 et Le Livre de poche, 2011

Il faudrait s'arracher le cœur
Éditions de l'Olivier, 2012 et Points, n° 2978

Réalisation : Nord Compo à Villeneuve-d'Ascq
Impression : Corlet Imprimeur à Condé-sur-Noireau
Dépôt légal : Mars 2013. N° 0154 (153057)
Imprimé en France